http://www.bbulmedia.com

http://www.bbulmedia.com

악소림

악
소
림

1판 1쇄 찍음 2014년 7월 25일
1판 1쇄 펴냄 2014년 7월 30일

지은이 | 윤민호
펴낸이 | 정 필
펴낸곳 | 도서출판 **뿔미디어**

편집장 | 이재권
기획 · 편집 | 윤영상
편집디자인 | 김병희

출판등록 | 2002년 9월 11일 (제081-1-132호)
주소 | 경기도 부천시 원미구 상동로 117번길 49(상동) 503호 (우)420-861
전화 | 032)651-6513 / 팩스 032)651-6094
E-mail | bbulmedia@hanmail.net
홈페이지 | http://bbulmedia.com

값 8,000원

ISBN 979-11-315-3015-3 04810
ISBN 979-11-315-3014-6 04810 (세트)

BBULMEDIA FANTASY STORY

1

악소림

윤민호 신무협 장편 소설

뿔미디어

목차

序 ⋯7

1장. 파문제자(破門弟子) ⋯13

2장. 둘도 없는 벗 ⋯53

3장. 갈응문(褐鷹門) ⋯95

4장. 혈풍(血風) ⋯135

5장. 마경(魔鏡) ⋯179

6장. 난제(難題)와 각성(覺醒) ⋯221

7장. 흔적(痕跡)과 추적(追跡) ⋯263

序

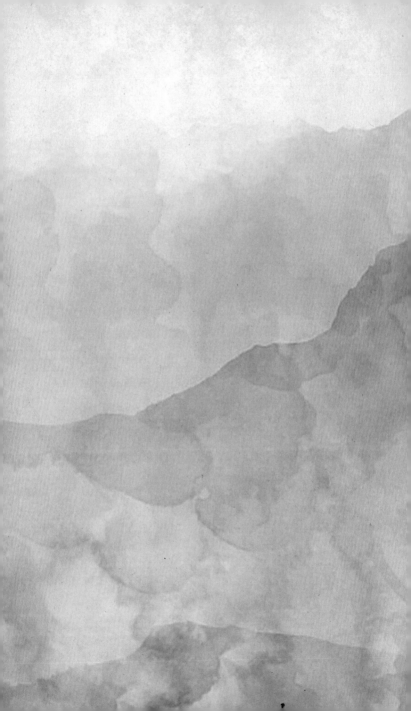

새외무림 최강의 세력, 천마교(天魔敎).

땅거미가 질 무렵, 그 천마교 총단에 일백 명의 소림사(少林寺) 무승(武僧)들이 들이닥쳤다.

예상치 못한 불시의 기습이었다.

천마교 총단의 전력은 무려 일만여 명. 한데 고작 일백 명으로 그들과 부딪쳐 싸운다? 누가 보더라도 무모한 짓이다.

하지만 전투가 시작되자 중앙 광장에 총집결한 천마교 전력의 삼분지 이가 시신으로 화했다. 그것도 불과 두 시진 만에.

심지어 천마교의 기둥이라 할 수 있는 십팔당주(十八

堂主), 십이주교(十二主教), 호교사왕(護敎四王) 등 기라성 같은 고수들마저도 차례로 사멸했다.

정작 기습을 감행한 소림사 무승들은 단 한 명도 목숨을 잃지 않았다. 외상과 내상의 여파 따윈 없다는 듯 한결같은 무위를 뽐냈다.

그들은 평범한 무승이 아니었다.

분명 정파(正派)의 상징이자 불문(佛門) 무학의 성지 소림사 출신인데, 일신에 보유한 무공은 천마교 고위 마인들조차 생전 듣도 보도 못한 절세 마공(魔功)이었으니까.

무승들 연령대는 실로 다양해 삼십 대, 사십 대, 심지어 육순을 넘긴 노승들도 끼어 있었다.

그런데 그중 가장 강력한 무위를 가진 인물은 다름 아닌 수려한 자태에 강인한 눈매가 돋보이는 이십 대 무승이었다.

특무제자, 천공(天控).

현 장문 방장(掌門方丈)의 허락하에 절세 마공을 극성으로 익혀 천 년 소림사 법통을 송두리째 바꿔 놓았다고 하는 항마조(降魔組) 수승(首僧)이 바로 그였다.

천공은 잔존한 천마교 마인들과 항마조 무승들이 어지러이 얽혀 든 광장 한가운데에서 교주 천마존(天魔尊)을 맞아 일백 초(招)가 넘는 치열한 겨룸을 벌였고, 마침내 그를 제압했다.

"끄으윽……."

천마존은 괴로운 신음과 함께 자신의 복부를 꿰뚫은 천공의 주먹을 내려다보았다.

마도무림(魔道武林) 으뜸이라는, 나아가 중원 강호에까지 위명을 떨치는 자신이 한낱 젊은 무승에게 패해 죽음의 문턱에 이를 줄이야.

천공이 싸늘한 눈빛으로 말했다.

"마(魔)는 마(魔)로서 제압한다. 그게 우리의 방식이지."

"커억, 내가…… 이대로…… 곱게 뒈질 것 같으냐!"

그런 천마존의 두 손이 상대의 팔목을 덥석 움켰다.

천공이 흠칫하는 순간, 천마존의 상단전(上丹田)으로부터 광대한 빛살이 사납게 폭사되었다.

"안 돼!"

천공의 외침이 끝나기도 전에 천마존의 몸이 터질 듯 부풀며 거대한 폭발을 일으켰다.

쿠아아아아아아앙—!

순식간에 폐허가 되어 버린 천마교 총단.

반경 일백 장 내의 모든 사물이 먼지가 되어 흩날렸다.

천마교 마인들 중 생존자는 아무도 없었다. 그리고 가공할 무위를 자랑하던 항마조도 전멸했다.

아니, 단 한 명만 제외하고.

자욱한 연기 아래로 만신창이가 된 천공이 읊조리듯 중얼거렸다.

"으윽, 내 몸에서…… 썩 나가지 못해."

그러곤 곧 허물어지듯 지면 위로 쓰러졌다.

1장
파문제자(破門弟子)

퍽!

둔탁한 소리와 함께 천공의 신형이 머리칼을 흩날리며 바닥을 뒹굴었다.

"으윽……!"

아랫배를 움킨 그는 일그러진 표정으로 전방을 바라보았다.

정오의 햇살이 부서지는 아래, 한적한 숲길을 가로막고 선 십여 명의 검수(劍手)들.

무리의 선두에 선 사십 대 흑의검수(黑衣劍手)가 비단신을 툭툭 털며 목소리를 발했다.

"겨우 그런 실력으로 감히 본성(本城)의 일을 방해했

느냐? 말해라. 두 계집을 어디로 빼돌렸지?"

가까스로 호흡을 고른 천공이 몸을 일으키며 이마에 핏대를 세웠다.

"그녀들을 납치해 유곽(遊廓)에 넘기려 했다는 것을 알고 있다! 나잇살 먹고 그렇게 할 짓이 없나?"

흑의검수의 입가에 냉소가 흘렀다.

"기백은 가상하다만, 상대를 잘못 골랐다. 후회할 짓 말고 불어라."

천공은 오히려 두 주먹을 움키고 싸울 태세를 취했다.

"난 그저 도의에 따라 옳은 일을 했을 뿐."

"놈, 기어이……."

흑의검수는 옷자락을 펄럭이며 창졸간에 간극을 좁히고 들었다.

퍽, 퍼억, 퍽.

가슴을 연속 격타당한 천공이 이삼 장 뒤로 세게 튕겨나가 지면 위로 엎어졌다.

"끄으윽."

입술을 비집고 흐르는 비릿한 선혈 줄기.

내상을 입은 것이다.

천공은 분한 듯 주먹을 부르르 떨었다.

'치익……! 내공(內功)이 너무 부족해!'

그는 이미 예전의 그가 아니었다. 일 년 전, 경천동지의 초절한 무위로 새외의 절대자 천마존을 무찔렀던 그때의 그가 아니었다.

멀찍이 선 흑의검수가 옆구리에 차고 있던 검을 뽑아 들며 걸음을 뗐다.

"한쪽 팔을 잃고 나면 생각이 달라질 게다."

흑의검수는 고수였다.

그것도 검도(劍道)에 일가를 이룬 일류 고수다.

잘 벼려 낸 철검 같은 일신의 기도만 보더라도 쉬이 알 수 있는 사실이었다.

별안간 천공의 머릿속을 울리는 한 줄기 전성.

[천공! 심법(心法)의 힘을 거두고 본좌의 영혼이 네 몸을 다룰 수 있게 허락해라.]

"어디서 수작이야. 윽……."

[갈(喝)! 고집 피울 때가 아니다! 네가 뒈지면 내 영혼도 곧장 저승행이란 말이다!]

"뜻밖에…… 좋은 정보를 하나 얻었군."

[현재 네놈의 내공은 심법 외에 다른 것을 운용할 여력이 없거늘! 저놈이 누구인지 아느냐? 귀검성(鬼劍城)의 십대고수 음강(陰强)이다! 사파(邪派)의 실세 중 하나인 귀검성을 모르진 않겠지?]

"⋯⋯그딴 건 중요하지 않아!"

천공은 어금니를 악물며 신형을 일으키려 했다. 하지만 심맥(心脈)에 스민 충격이 커 제대로 힘을 쓸 수가 없었다.

어느덧 가까이로 다가온 음강이 오른발로 천공의 머리를 꾹 밟았다.

"혼자서 뭐라 중얼대는 것이냐?"

그는 어떻게든 일어서려고 몸부림치는 천공을 보며 가소롭다는 듯 미소를 띠더니 검극으로 옷소매를 갈랐다. 그러자 매끈한 근육질의 팔뚝이 훤히 드러났다.

"일단 왼팔부터⋯⋯ 음?"

일순 음강의 동공이 이채를 발했다.

팔뚝에 새겨진 작은 점들. 불제자의 신표인 계인(戒印)이다.

항마조는 소림사의 여느 진산제자들과 달리 머리가 아닌 팔뚝에 계인을 받았다. 당연히 음강은 그러한 사실을 알지 못했다.

"무어냐, 불가(佛家)에 몸을 담았더냐? 행색으로 보아 파문(破門)을 당한 모양이군."

그러자 뒤쪽에 선 수하들이 소리 내어 비웃었다.

"아니, 절에서 쫓겨난 중놈이었습니까? 하하하하!"

"병신! 한 번 중이 되기로 했으면 평소 행동거지를 조심해 산사에 고이 박혀 있을 것이지, 왜 다시 속세로 기어 나와 욕을 당해?"

"낄낄. 저 새끼, 이제 보니 제가 그 계집들을 따먹으려고 빼돌린 것 아냐?"

천공이 울컥하는 찰나, 예의 전성이 재차 머릿속을 울렸다.

[제기랄! 팔을 잘리고 나서야 비로소 후회할 것이냐? 꾸물대지 말고 내게 맡겨라!]

음강이 서슬 푸른 검을 높이 쳐들며 싸늘히 말했다.

"꽤 아플 것이야."

천공은 선택의 여지가 없었다.

"……좋아. 하지만 내 몸으로 괜한 짓거리를 시도하려 한다면 그 즉시 심법을 운용해 가둬 버릴 테다."

[알았으니 서둘러라!]

천공은 신속히 심법의 힘을 거두어들였다. 동시에 신형이 가벼운 경련을 일으켰고, 그렇게 전성의 주인과 천공의 심혼(心魂)이 서로 자리를 맞바꿨다.

"후, 어지간히 무서운가 보구나. 이상한 헛소리에 몸까지 벌벌 떨고. 아까의 호기는 어디로 다 사라진 것이냐?"

음강은 그 말과 함께 검을 세게 그어 내렸다.

검날이 어깨에 이른 순간.

퍼헝—!

따가운 파공성과 함께 음강의 신형이 지면을 타고 뒤로 미끄러지듯 주르륵 밀렸다.

"크윽!"

가까스로 균형을 잡고 선 그는 손목에 엄습하는 저릿한 통증에 인상을 찌푸렸다.

내력을 운용했기에 망정이지, 하마터면 칼자루를 놓칠 뻔했다.

뒤쪽의 수하들이 화들짝 놀라 그의 곁으로 우르르 달려갔다.

"괜찮으십니까?"

음강은 이해할 수 없었다.

'무형지기(無形之氣)로 검을 튕겨 내다니! 설마…… 본 실력을 감추고 있었나?'

그때 천공이, 아니, 천공이 된 천마존이 신형을 일으켜 세우며 앙천대소했다.

"크하하하, 크하하하하! 과연 대단하구나. 본좌의 현 내공으로도 하단전을 절반조차 채울 수 없다니……. 이것이 정녕 네놈의 몸이란 말이지?"

[야단 부리지 말고 어서 처리해라!]

천공이 다그치자 천마존은 목을 크게 한 바퀴 돌리며 전신으로 시커먼 기류를 피워 올렸다.

사위를 짓누르는 엄청난 기운 앞에 음강과 그 수하들은 숨통이 턱 막히는 기분이었다.

이내 천마존의 머리 위로 무시무시한 마신(魔神)의 형상이 떠오르더니 체내로 빠르게 갈무리되었다.

'저, 저것은……'

음강의 얼굴이 경악으로 물들었다.

언제가 먼발치에서 한 번 본 적이 있는 마기(魔氣)다.

아니나 다를까, 검수들 중 하나가 두려움에 찬 음성을 발했다.

"처, 처…… 천마신공(天魔神功)?"

천마존이 입꼬리를 샐쭉 올렸다.

"잘 아는구나."

당황한 음강이 내공을 극성으로 끌어 올리며 입을 뗐다.

"정체가 뭐지? 천마존은 이미 죽고 없는데…… 네가 어떻게 그 마공을 익힌 것이냐?"

"죽긴 누가 죽어? 내가 바로 천마존이거늘."

"웃기는 소리!"

음강이 발작적으로 검을 내찔러 검기(劍氣)를 발출했다.

쐐애애애애액!

귀검성 십대고수란 명성을 대변하는 듯한, 가히 육중한 검세(劍勢).

하지만 천마존은 손짓 한 번으로 그 검기를 단숨에 쇄파해 버렸다.

음강이 숨도 쉬지 않고 연거푸 검기를 쏘아 보냈지만, 천마존의 신형을 감싼 무형의 기막(氣幕)을 뚫지 못하고 요란한 폭음만 토했다.

퍼퍼퍼퍼펑―!

기의 잔해가 어지러이 퍼지는 가운데 천마존의 두 눈이 짙은 살광을 머금었다.

"귀검성주도 감히 본좌 앞에서 재주를 뽐내지 못하는데, 하물며 네깟 것들이……."

동시에 두 팔을 좌우로 내젓자 음강의 곁에 자리해 있던 검수 둘이 공중으로 붕 떠올랐다.

허공섭물(虛空攝物).

손을 대지 않고 내력을 이용해 사물을 취한다는 극상 경지의 공부다.

"그래, 바로 이 느낌이지. 크흐흐."

소성을 흘린 천마존이 팔을 아래로 떨치자 허공에서 허우적거리던 두 검수가 빠르게 곤두박질쳐 머리통이 으깨져 죽었다.

뒤이어…….

팍!

땅을 박찬 천마존의 신형이 잔영(殘影)을 파생시키며 수하들의 목을 모조리 잘라 버렸다.

일순간이었다.

볼 수도, 느낄 수도 없었다.

말 그대로 인세(人世)의 영역을 벗어난 무위.

그사이 음강은 극성의 경공술(輕功術)을 펼쳐 숲 저편으로 도주했다.

'체면 따윌 돌볼 상대가 아니다! 그가 만일 진짜 천마존이라면…….'

강호 바닥에서 잔뼈가 굵은 검수답게 현명한 판단이었다.

일단은 살고 볼 일이다.

음강은 이를 악문 채 쉬지 않고 이십 장을 지나쳤다. 하지만 딱 거기까지였다.

어느새 정면을 가로막고 선 천마존이 시커먼 마기를 무럭무럭 피워 올리고 있었으니까.

"아까의 호기는 어디로 갔지?"

음강은 앞서 자신이 천공에게 했던 말을 그대로 돌려받았다. 하나 반박할 수 없었다. 아니, 머릿속이 새하얘져 입이 떨어지지 않았다.

천마존이 마기를 폭사하자 검은 돌풍과 함께 반경 십장의 지면이 사납게 요동쳤다.

쿠쿠쿠쿠쿠—

그 거대한 힘에 의해 초목과 바위들이 무참히 부서져 허공으로 비산했고, 벌건 땅거죽이 해일처럼 휘말려 올라갔다.

마기의 압력을 견디지 못한 음강이 무릎을 쿡! 꿇으며 떨리는 목소리로 물었다.

"다…… 당신은 분명…… 죽었다고 들었는데…… 탈태환골(奪胎換骨)이라도…… 한 것이오?"

"가서 염라왕한테 물어봐라."

천마존의 우수로부터 발출된 흑색 기류가 음강의 전신을 휘감았다.

"끄아, 끄아아아아아—!"

괴로운 비명과 함께 음강의 몸이 보기 흉하게 뒤틀리며 섬뜩한 음향을 터뜨렸다.

꽈드득, 부우우욱, 파하악, 파학!

살이 찢기고 뼛조각이 불거지고 내장이 터지며 역겨운 핏물이 지면을 흥건히 적셨다.

참혹한 죽음이었다.

음강의 시신은 과연 사람인지 도살당한 짐승인지 구분이 가지 않을 만큼 그 형체를 알아보기 힘들었다.

이윽고 마기를 갈무리한 천마존이 파랗게 펼쳐진 하늘을 올려다보았다. 간들간들 불어온 바람이 머릿결을 쓰다듬자 절로 기분이 좋아졌다.

이 얼마 만에 느껴보는 바깥세상의 정취인가.

"큭, 다시 태어나는 기분이 어떤 것이지 조금은 알겠구나."

바로 그때 천공의 전성이 뇌리를 울렸다.

[누가 마도인 아니랄까 봐, 굳이 그런 식으로 잔인하게 죽여야 했나?]

"건방진 놈. 고마우면 고맙다고 솔직히 말해라."

[참 눈물겹게 고맙군.]

"충고 하나 하지. 앞으로도 오늘처럼 불의를 볼 때마다 참지 못하고 설치다가는 명줄을 보존하기 힘들 것이야."

[넌 그저 내가 죽으면 저승으로 가게 되는 게 두려운 것이겠지.]

"그러는 네놈도 뒈지는 것은 싫을 텐데?"

[그렇다고 강자가 약자를 능욕하는 광경을 봐도 모른 척하란 말인가? 난 대소림(大少林)의 제자다. 피의 군림만을 추구하는, 너 같은 마도 무리와 달라!]

"파문당한 주제에 아직도 소림사 타령이냐?"

천공은 어이가 없었다. 자신이 누구 때문에 이 지경에 이르렀는데.

[죽었으면 고이 저승으로 갈 것이지, 귀신이 되어 옮아붙어? 추잡하게 굴지 말고 그만 떠나라.]

그러자 천마존이 킁소하며 말했다.

"크하하하하! 단 한 번밖에 쓸 수 없는 역천이혼술(逆天移魂術)을 이용해 가까스로 영혼을 옮겼는데, 네놈 같으면 쉬이 떠날 수 있겠느냐? 설령 역천이혼술이 한 번 더 가능하다고 한들 이토록 거대한 단전을 보유한 몸은 현세에 존재하지 않을 터. 기다려라, 내 기필코 네 영혼을 멸하고 육신을 차지해 부활할 테니까!"

천공은 더는 못 들어주겠다는 듯 즉각 심법을 운용해 천마존을 심계(心界)에 가두었다.

[빌어먹을, 시간을 좀 더 다오! 어찌 피 냄새만 맡게 하고 다시 가둬 버리느냐!]

천마존의 고함질에 천공이 싸늘히 대꾸했다.

"욕심이 과하군."

[크윽…… 이런 양심도 없는 새끼를 보았나!]

"패악한 마도 무리의 상징인 네가 양심 운운할 자격이 있나?"

그러곤 이내 제 몸을 살피다가 깜짝 놀랐다.

'이럴 수가, 내상을 싹 고쳐 놓았다?'

숨을 쉬기 힘들 정도로 뜨끔거리던 심맥의 고통이 씻은 듯이 사라진 것이다.

'결코 가볍지 않은 내상이었는데……. 이 늙은 마귀가 어느덧 공력을 상당 수위까지 회복한 모양이구나.'

천공은 일순 고민이 깊어졌다. 만약 천마존의 영혼이 하루가 다르게 제 공력을 증강해 나간다면 현재의 심법으론 한계가 올 것이 분명했다.

실지 천마존의 영혼이 깨어난 것은 불과 얼마 되지 않은 일이다.

일 년 전, 대혈전을 치른 그는 만신창이가 된 몸을 이끌고 기적처럼 소림사로 귀환했다.

그렇게 사내 의승(醫僧)들의 도움으로 몸이 완쾌된 후 장문 방장을 비롯한 고승들과의 면담이 이어졌으나 천마존의 영혼이 들어와 있다는 사실은 일절 발설치 않았다.

사문(師門)에 괜한 걱정을 끼치기 싫은 이유도 있었지만, 여러 날이 지나도록 아무런 징후가 나타나지 않은 것 역시 한 이유였다. 나중엔 그냥 신경을 끄고 잊어버렸다.

한데 지금으로부터 한 달 전, 예기치 않은 파문 결정이 떨어진 날, 일 년 가까이 몸속에 조용히 잠들어 있던 천마존의 영혼이 갑자기 깨어나 존재감을 드러냈다. 그리고 오늘에 이르러선 본래의 힘을 절반 가까이 되찾았다는 듯 위력적인 마공을 펼쳐 보였다.

심맥의 내상을 말끔히 완치시키고 귀검성의 이름난 고수를 단숨에 죽여 버린 것이 바로 그 증거였다.

반면, 천공은 과거 항마조 때의 내공을 대부분 소실한 상태. 단순히 심법 하나를 운용하는 것도 벅찼다. 게다가 그 심법마저 오 할의 묘용만 발휘할 뿐이었다.

그 모든 게 다 천마존이 최후의 순간에 펼친 절기 마광파천기(魔光破天氣) 때문이었다.

당시 그는 마광파천기를 받은 여파로 하단전을 향하는 주요 기로(氣路)가 위축되고 말았다.

다행히 하단전 본연의 크기는 줄지 않았지만, 기로들이 위축된 탓에 많은 양의 내공을 쌓기가 힘들었다. 매일같이 운기조식(運氣調息)으로 축기(築氣)를 시도해 봐도 허사였다.

'초대 교주 이후 마광파천기를 대성한 자는 전무하다고 들었는데…… 내 불찰이다. 너무 방심했어.'

마광파천기는 그 깨달음이 극성에 이르면 제아무리 무적지체(無敵之體)의 무인이라도 죽음을 피하기 힘들다는 무시무시한 마공이었다.

지난 싸움에서 천마존은 자신의 목숨과 맞바꿔 펼친 극성의 마광파천기로 항마조를 몰살시키며 그 위력을 여실히 증명해 보였다.

애초 천공의 내공 수위가 초절하지 않았다면 그들과 마찬가지로 그 자리에서 즉사했을 것이다.

'천마존의 영혼을 제압하고 없애기 위해선 예전 내공 수위를 되찾는 수밖에 없어. 불력(佛力)의 심법과 마력(魔力)의 무공을 합일해…… 다시금 마불(魔佛)의 경지에 이르러야 그를 완전히 멸할 수 있다!'

당장 시급한 것은 심법이었다.

신성한 불력을 바탕으로 한 심법을 최대한으로 발휘하지 못한다면 끝내 천마존에 의해 심혼과 육신이 잠식당하고 말 테니까.

문득 스승의 전언이 뇌리를 스쳤다.

"천공아, 네 몸속에 도사린 정체 모를 마기가 근자 들어 빠르게 커져 이젠 겉으로 드러날 지경에 이르렀구나. 그대로 두면 마성에 젖은 마인으로 오인을 받아 실로 감당하기 힘든 처벌이 따르게 될 것이야. 그래서…… 어쩔 수 없이 장문령(掌門令)을 발해 내일 파문시키기로 결정했느니라. 하지만 이를 끝이라고 생각해선 아니 된다. 노납(老衲)은 굳게 믿고 있단다. 네가 반드시 그 난제를 해결하고 다시 본사의 자랑스러운 제자로서 돌아올 것임을……"

'사부님! 제자 천공, 그 믿음과 기대를 결코 저버리지 않을 것입니다.'

입술을 꾹 깨문 천공은 이내 상념을 접고 걸음을 옮겨 시신들의 품속을 뒤졌다. 잠시 후, 그의 손엔 십여 개의 염낭이 쥐여져 있었다.

하나씩 열어 보니 돈이 나왔다. 그렇게 모인 금액이 칠십 냥. 심지어 일백 냥짜리 전표도 두 장이나 되었다. 그 거액 전표는 음강의 것이었다.

"이 돈이면 당분간 끼니 걱정은 안 해도 되겠어."

그때, 천마존이 의미심장한 투로 전성을 보냈다.

[보아하니 본좌가 공력을 회복한 것이 신경 쓰이는 모

양이구나. 흐흣, 너무 걱정하지 마라. 완전한 수준에 이르려면 아직 시일이 더 필요하니까.]

천공이 두 눈을 반짝이며 물었다.

"얼마나 걸리지?"

[그걸 쉬이 알려줄 것 같으냐?]

"하긴, 내가 멍청한 질문을 했군."

[네놈의 심법은 아직 반쪽짜리에 불과하단 사실을 알고 있다. 현재 내 목소리조차 차단하지 못하고 있다는 것이 바로 그 방증이지. 그런 불완전한 상태로 심계의 보이지 않는 적과 싸운다는 건 그야말로 말 못할 큰 고통일 터! 자, 과연 언제까지 버틸 수 있을까? 과연 누가 먼저 힘을 되찾게 될까?]

"그런 말로 날 초조하게 만들 심산인가?"

[좋을 대로 생각해라, 애송이.]

"네 말마따나 어디 한 번 두고 봐라. 과연 누가 먼저 떨어져 나갈게 되는지."

[하여간 중원 놈들의 허세란…… 크크큭.]

그 전성을 끝으로 천마존은 침묵했다.

천공 역시 입을 다문 채 돈을 챙겨 넣은 후, 숲길 저편으로 향했다.

'천마존이 모든 힘을 되찾기 전에 하루 빨리 그곳으로

가 그 사람을 만나야 한다!'

                    *   *   *

소림사 방장실(方丈室).

사월의 봄 햇살이 스민 그 내부에 나이가 지긋한 두 노승이 마주 앉았다.

이마 위로 아홉 개의 계인이 찍힌 백미노승(白眉老僧)이 두 눈을 지그시 감았다 뜨며 입을 열었다.

"천공이 본사를 떠난 지 오늘로 한 달이 되었군."

장문방장 일화(一化)의 말에 사제 일각(一覺)이 안타까운 눈빛으로 물었다.

"장문 사형, 정녕 파문 외엔 다른 방도가 없었습니까?"

"업적만 가지고 붙들어 놓기엔 상황이 좋지 않았네."

백의전(白衣殿) 지주인 일각은 두 달 전 급한 용무가 있어 출타를 했다가 오늘에야 돌아왔다. 그 때문에 천공의 파문 소식을 뒤늦게 접한 것이다.

"상태가 그토록 나빴습니까?"

"사제가 자릴 비운 동안 천공의 체내에 도사린 알 수 없는 마기가 날이 갈수록 짙어져 더 이상 숨기기 힘든 지경에 이르렀다네. 진행 속도가 너무 빨라…… 노납도 당혹스러웠지."

"그런……! 우려했던 일이 기어이 터지고 말았군요."

둘은 그것이 천마존의 영혼 때문임을 알지 못했다.

"시간이 촉박했네. 더 두었다가는 계율원주(戒律院主)가 눈치를 채고 율법에 따라 그 아이의 단전을 폐하라고 명했을 것이야. 방장으로서도 어찌할 도리가 없는 것이 바로 대소림의 율법 아닌가."

"하기야, 일광(一光) 사제라면 능히 그러고도 남았을 테지요."

일광은 계율을 어긴 승려에게 징벌을 내리는 계율원의 지주로, 사내에서 가장 냉엄하기로 정평이 나 있었다.

그는 예전 천공이 살아 돌아왔을 때에도 항마조 진멸의 책임을 물어 특무제자 자격을 박탈한 후 속가제자로 강등함이 마땅하다고 주장했을 만큼 대쪽 같은 인물이었다.

일각이 장탄식과 함께 안타까운 목소리를 이었다.

"천공이 어떻게든 회복만 하면 항마조의 대업을 다시 이어 나갈 수 있으리라 여겼는데…… 이젠 그 한 줄기 기원마저 물거품이 되고 말았군요."

일화는 가타부타 말없이 조용히 염주를 굴렸다.

'욕심이 지나쳤던 것인가? 항마조의 죽음은 어쩌면 불자의 본분을 망각한 탐(貪)을 성오(省悟)하라는 석가세존(釋迦世尊)의 교시인지도 모르겠구먼.'

항마조는 기실 천마교를 위시한 새외 마도 세력을 멸하고 정파를 수호하기 위한 소림사의 백년대계였다.

지금으로부터 이십이 년 전.

소림사는 천마존이 이끄는 천마교 정예의 습격을 받았다. 그 과정에서 주요 고위 무승들은 물론이고, 일화의 스승인 전대 장문 방장 현담 대사(玄覃大師)마저 죽임을 당했다.

당시 현담 대사는 강호를 통틀어 열 손가락에 드는 고수였다. 그러나 천마존은 초절한 무위로 오십여 합(合)만에 그의 목을 잘라 버렸다.

소림사 창건 이래 유례가 없는, 실로 비극적이자 치욕적인 사건이었다.

치열했던 삼 주야의 싸움은 결국 승패 없이 종결됐지만, 사실상 본진에서 막대한 피해를 입은 소림사의 패배였다.

장례 의식이 끝난 직후 일화는 스승의 유지를 받들어 차대 장문 방장에 올랐고, 실추된 사문의 위상을 회복하고자 긴 논의 끝에 항마조를 창설했다. 그런 후, 항마조에 차출된 무승들을 항마신승(降魔神僧)이라 명명하고, 봉마전(封魔殿)에 있는 마공서(魔功書)를 공부시켰다.

소림 무학의 시조 달마(達摩)가 세운 봉마전은 결코 세상 밖으로 나와선 안 될 절세 마공들을 봉인해 둔 전각이었는데, 항마조 육성을 위해 그 오랜 금기를 깨뜨린 것이었다.

또한 마공으로 인해 사악한 마심이 깃드는 것을 막고자 비전(秘傳) 혜가선도심법(慧可善途心法)도 전수했으며, 나아가 일대 제자 밑으론 구경조차 못하는 대환단(大還丹)을 무려 이백 개 이상 지급해 전원 도검불침(刀劍不侵)의 금강불괴(金剛不壞)까지 이루게 했다.

그 결과, 무림사에 다시없을, 그야말로 일신의 무력이 온 세상을 뒤덮는 일백 무승으로 꾸려진 가공할 집단이 탄생되었다.

항마신승 개개인의 무위는 중원무림 최고수들인 십대무신(十大武神)에 필적하는 수준이었다. 특히 자질이 남달랐던 천공은 십대무신을 능가하는 지고한 무위를 자랑했다.

그래서 기대가 컸다.

다시는 마도의 무리에 의해 무너지는 일 따윈 없으리라

믿었다.

천공을 비롯한 항마신승들이 마침내 연공을 끝냈을 때, 일화와 그 사형제들은 일말의 망설임도 없이 옛 치욕을 대갚음하기 위해 항마조 전원을 천마교로 파견했다. 승리를 확신했기에 내린 결정이었다.

한데 낭보와 비보가 엇갈렸다.

천마교와 항마조가 똑같이 진멸했다는 소식.

한 번의 싸움으로 무려 이십 년에 걸쳐 양성한 귀중한 전력이 제대로 명성을 떨쳐 보지도 못한 채 몰사(沒死)해 버린 것이다.

다들 말로 표현하기 힘든 비통함과 허무함에 잠겼다. 그래도 한 가지 위안은 천공이 생존해 돌아왔다는 사실이다.

그것은 항마조 재건을 위한 마지막 희망의 불씨였다. 공든 탑이 무너졌다 절망하지 말고 그 불씨를 잘 살려 다시 차근차근 나아가면 된다고 생각했다.

하지만 무심한 하늘은 끝내 그 실오리 같은 희망조차 허락하지 않았으니…….

일화가 천장을 올려다보며 읊조리듯 중얼거렸다.

"아미타불. 천공아, 부디 포기하지 말고 길을 찾거라."

그의 목소리에서 사제지연의 깊은 정이 묻어났다. 하기

야 천공은 애지중지 키워 온 유일 제자가 아닌가.

일각이 두 눈에 이채를 발하며 말했다.

"장문 사형께선…… 그 아이가 다시 돌아오리라 믿고 계시는군요."

"사부로서의 바람이지. 파문 조치는 단전을 폐하는 것을 막기 위한 안배임을 그 아이도 잘 알고 있다네. 또한 자신이 내공 수위를 되찾지 못한다면 불완전한 심법으로 인해 결국 심마(心魔)에 들게 된다는 것도."

"그 말씀은 천공에게 뭔가 특별한 당부를 남기셨다는……?"

"강호는 헤아릴 수 없을 만큼 넓으니 그 어딘가에 잃어버린 힘을 되찾을 방법이 반드시 존재할 것이라고 일렀지."

"하오나 너무 막연하지 않습니까?"

"실은 천공을 떠나보내기 전날 밤…… 천견대법(天見大法)으로 천기를 읽어 보았네."

"……!"

오직 장문 방장에게만 전수되는 천견대법은 천기를 읽는 대가로 무려 십 년에서 이십 년의 공력을 잃게 되는 상고의 대법술(大法術)이다. 그런데 일화는 무인에게 있어 목숨처럼 소중한 공력 소실을 감내하고라도 하나뿐인

직계 제자를 위해 천견대법을 사용한 것이었다.

"그 결과, 천공을 보살피는 불마성과 네 개의 보좌성이 동시에 붉은빛을 발했네. 이는 천공이 언제고 거대한 천운(天運)을 얻게 되리란 의미가 아니겠는가."

일각은 기쁨을 감추지 못했다.

"다행입니다! 참으로 다행입니다!"

그도 실은 일화 못지않게 천공을 아꼈던 사람이다. 아니, 소림사 내의 대다수 승려들이 그랬다.

평소 천공은 전형적인 불자가 아니었다. 천성이 자유분방해 언행에 거침이 없었고, 더러는 불가 고유의 생활 관습을 탈피할 때도 있었다.

하지만 그런 가운데 예를 갖춰야 할 자리에선 항상 몸가짐을 조심했고, 계율을 받들어 사문의 이름에 먹칠하는 욕된 짓은 절대 삼갔으며, 또 일신의 재능이 특출함에도 그 누구보다 열심히 수련에 임해 여러 무승들의 귀감이 되었다.

때문에 노소(老少)를 막론하고 다들 그를 향해 호감과 신뢰를 보냈다. 물론 탐탁지 않게 여기는 승려들도 있었지만, 지극히 소수였다.

일각은 희미한 미소를 머금으며 천공의 얼굴을 떠올렸다.

'천공아, 자비로우신 불존께선 아직 네 손을 놓지 않으신 것 같구나. 장문 사형의 말씀대로 부디 포기하지 말고 한 걸음 한 걸음 나아가 해법을 찾거라.'

별안간 일화가 던진 물음이 화두를 바꾸었다.

"동향은 좀 알아보았는가?"

낯빛을 진중하게 고친 일각이 목소리를 낮춰 답했다.

"예. 천마교가 괴멸했다는 소식은 이미 널리 퍼질 대로 퍼져 있었습니다. 하나 항마조에 대한 소문은 일절 떠돌지 않았습니다."

"사제가 판단하기엔 어떤가?"

"일 년이 지난 지금, 작은 풍설조차 떠돌지 않는 것으로 보아 어느 정도 안심해도 될 듯싶습니다. 귀환 도중 혹시나 하는 마음에 무당파(武當派)를 방문해 보았지만, 그들 역시도 모르는 눈치였습니다."

"그래도 본사와 교류가 잦은 문파이니 경계를 늦추지 말고 각별히 조심해야 하네."

항마조의 존재 자체는 그리 큰 비밀이 아니었다. 하지만 항마신승들이 정도무림에서 금기시하는 마학(魔學)을, 그것도 절세의 마공을 익혔다는 사실은 절대 밖으로 새어 나가서는 안 될 비밀이었다.

실지 사내에서도 높은 계위의 일대 제자들을 제외한 나

머지 이대, 삼대 제자들은 그러한 사실을 알지 못했다. 심지어 일신의 무위가 어느 정도였는지도 몰랐다.

혹여 그 모든 사항이 다른 문파에 알려지게 된다면, 항마조의 창설 의도가 순수했다고 한들 고이 믿으려 들지 않을 것이며 감당하기 힘든 질타와 공분을 살 것이 분명했다.

마학 공부는 물론, 십대무신에 필적할 일백 명의 무승을 육성한 것 자체가 무림 전체의 균형을 무너뜨리는 일이었으므로.

"장문 사형, 그리고…… 조만간에 시간을 내시어 곤륜파(崑崙派)를 방문해 보셔야 할 듯싶습니다."

일각의 말에 일화의 두 눈이 의미심장한 빛을 발했다.

"새외무림과 관련이 있는 모양이군."

"곤륜 장문인이 보낸 사람을 만나고 왔는데, 육대마가(六大魔家)의 일로 강호의 여러 명숙들과 긴히 논의하기를 바란다고 했습니다."

"육대마가라……."

"듣자 하니 천마교가 사라지고 난 다음부터 그들의 움직임이 뭔가 심상치 않다는 것 같습니다."

일화의 이마로 주름이 깊게 파였다.

'호랑이가 죽자 웅크리고 있던 이리의 무리가 서서히

그 송곳니를 드러내려는가.'

그때, 문밖에서 다급한 외침이 들렸다.

"장문 방장님! 장문 방장님! 안에 계십니까?"

"들어오게."

허락이 떨어지기가 무섭게 문이 열리며 사십 대 승려가 발을 들였다. 그는 계율원 산하 참회동(懺悔洞)을 감독하는 일대 제자 천문(天問)이었다.

"장문 방장님! 큰일 났습니다! 참회동에 갇혀 있던 천중(天重)이 탈신도주한 것으로 확인됐습니다!"

일화와 일각이 동시에 놀라 물었다.

"무어라?"

"그, 그게 벌써…… 이십 일도 전에 이뤄졌던 모양입니다."

일각이 대신 나서 엄중하게 꾸짖었다.

"기강이 말이 아니구나! 대체 어찌 그런 불미한 일이 발생할 수 있단 말인가!"

"송구합니다. 소임을 다하지 못한 소승의 죄입니다."

황망히 고개를 숙이는 천문을 향해 일화가 차분히 입을 열었다.

"계율원주는 뭐라 하더냐?"

"장문 방장님께서 하락하시면 당장 집법승(執法僧)들

을 바깥으로 보내 천중을 잡아들일 것이라고……."

"알았다. 가서 그리하라 이르라."

합장을 한 천문이 부리나케 문을 닫고 사라진 직후, 일화가 묘한 미소를 그리며 중얼거렸다.

"말도 없이 떠난 제 단짝을 찾으러 나간 게로군."

그 말에 일각이 두 눈을 둥그렇게 떴다.

"아! 그렇다면……."

*　　　　*　　　　*

천공은 가까운 마을에 도착한 즉시 옷을 사 갈아입고 전장(錢莊)에 들러 전표를 환불했다. 그러곤 다시 외곽으로 빠져나와 한 허름한 객잔에 발을 들였다.

이층 객실로 가 문을 열자 묘령의 쌍둥이 자매가 걱정스러운 얼굴로 자리해 있었다.

바로 귀검성 일당에 의해 유곽으로 팔려 갈 뻔한 여인들이었다.

"잘 해결했으니 안심하십시오."

두 자매는 감격한 듯 울먹거리며 거듭 감사를 표했다.

[크흐흐, 본좌가 나서지 않았다면 뒈졌을 놈이…….]

천공은 그런 천마존을 애써 무시하며 두 자매에게 앞서

환전한 이백 냥을 건넸다.

"가족이 없다고 하셨지요? 그럼 서둘러 마을을 떠나는
게 좋을 듯싶습니다. 이 돈이면 다른 곳으로 가 정착하는
데에 큰 무리가 없을 것입니다."

쌍둥이 자매는 구해 준 것도 고마운데 돈까지 받을 수
는 없다며 거절했지만, 천공은 기어이 그 돈을 손에 쥐여
주었다.

그녀들이 사라진 직후, 그는 객실의 창문을 활짝 열어
젖혔다. 그러자 시원한 바람과 함께 석양에 불타는 저녁
놀이 눈부시게 눈두덩을 눌러 왔다.

'그때도 지금처럼…… 붉은 석양이 내리비추고 있었
지.'

십오 년 전, 일화의 손에 이끌려 처음 소림사의 층계를
오르던 때가 묘연히 떠올랐다.

일화는 스승이기에 앞서 구생(救生)의 은인이었다. 부
모를 일찍 여의고 냉혹한 세상에 내던져진 채 비렁뱅이로
연명하던 열 살 소년에게 온정을 베푼 고마운 사람이었
다.

그 인연은 자연히 불문 무학의 성지 소림사로 이어졌
고, 삭발 입문과 동시에 일대 제자가 쓰는 천 자(字) 항
렬의 천공이란 법명을 받았다.

당시 일화는 여느 진산제자와 별도로 천공을 가르치기 위해 특무제자란 계위를 만들었다. 원래 소림사는 입문 후 삼 년이 지나야 비로소 무공을 배울 자격을 갖는데, 항마조로 조속히 편입시키기 위해 그 과정을 생략하려는 안배였다.

거기엔 다 이유가 있었다.

항마조에 임명되던 날 일화가 말했다.

"천공아, 넌 하늘이 내린 무골(武骨)이다. 네 몸은 무공을 익히지 않았음에도 임맥(任脈)과 독맥(督脈)이 트여 소주천(小周天)을 이룬 상태이며, 백회(百會) 또한 활짝 열려 있어 대주천(大周天)까지 가능하단다. 실로 수백 년에 한 번 나올까 말까 한 신체이니라."

그 어려운 말들이 무슨 의미인지 깨닫기까진 그리 오랜 시간이 걸리지 않았다.

천공의 공부는 불과 일 년 만에 삼대 제자들을 따라잡았고, 그로부터 이 년 뒤엔 이대제자들을 능가하는 수준에 이르렀으며, 다시 사 년 남짓 지난 때엔 일류 고수인 일대 제자들과 어깨를 나란히 했다. 그렇게 무서운 속도로 성장을 거듭한 그는 마침내 항마조 수승이 되었다.

물론 지금은 파문과 함께 그 모든 것이 한 줄기 바람 같은 추억이 되었지만.

그래도 아직 포기하지 않았다, 그 항마조의 꿈을.

'이제 겨우 한 달이 지났을 뿐이다.'

생각과 함께 저 먼 하늘로 시선이 던져졌다.

붉게 물든 허공에 일화를 비롯한 그리운 얼굴들이 신기루처럼 겹쳐 아른거렸다.

'항마신승으로서의 내 역할은 아직 다 끝나지 않았다. 날 아끼고 위해 준 여러 사람들을 위해서라도 예전의 힘을 되찾을 테다. 반드시······.'

향후 '그'를 만나면 어느 정도 알 수 있을 것이다.

천마존의 혼령이 깃든 것이 과연 자신에게 어떠한 천명을 부여할 것인지를, 다시금 대소림의 제자로서 멸마(滅魔)의 대업을 이어 갈 방법이 있는지 없는지를.

돌연 천마존의 전성이 그 상념을 깨뜨렸다.

[네놈 나이가 몇이라고 했지?]

한숨을 쉰 천공이 심드렁하게 대꾸했다.

"스물다섯."

[한데 그 나이에 어찌 그런 엄청난 단전을 보유하게 된 것이냐? 백 살을 넘긴 본좌도 그만한 단전을 만들어 보지 못했는데.]

"그야 뼈를 깎는 수련을 했으니까. 세상에 노력 없이 이뤄지는 건 절대 없다."

[흥, 개소리 집어치워라! 단순히 노력만 가지고 될 일이었다면 묻지도 않았다.]

"그럼 두 번 다시 묻지 마."

[단언컨대, 네 신체는 다른 특별한 무언가가 있음이 분명하다. 뭐, 장차 자연히 알게 될 테지. 크큭.]

천공은 상대하기 싫다는 듯 재차 한숨을 쉬며 고개를 절레절레 흔들었다.

[그때 네놈이 구사했던 그 마공…… 정체가 뭐지? 도대체 어떤 마공이었기에 극마경(極魔境)을 이룬 나를 죽일 수 있던 것이냐? 명칭이나 좀 알자.]

"귀신 주제에 궁금한 것도 많군. 넌 감히 상상도 못할 절세의 마공이란 것만 알아 둬라."

[갈! 당금 천하에 천마신공을 능가하는 다른 마공이 존재할 리 없다!]

"존재하니까 네가 지금 그 꼴이 된 것이지."

[크…….]

천마존은 뭐라 반박하지 못했다.

"성가시게 굴지 말고 평소처럼 내 몸을 빼앗을 궁리나 해. 나도 좀 조용히 쉬며 널 저승으로 보낼 방법을 고민해 볼 테니까."

[날 저승으로 보낼 방법이라고? 크크큭! 왜, 뭔가 믿는 구석이라도 있느냐?]

"있고말고."

[뭣……?]

"내가 지금 어디로 향하는 중인지 궁금하지 않나?"

천마존은 순간 불길한 느낌을 받았다.

[그게…… 무슨 뜻이지?]

"정처 없이 떠도는 것이라 여겼다면 큰 오산이야. 아까 내가 분명 말했을 텐데, 과연 누가 먼저 떨어져 나갈게 될지 두고 보라고."

[놈, 말해라! 목적지가 어디냐?]

"시간이 지나면 자연히 알게 될 거다."

[망할 새끼! 어서 말하지 못하겠느냐! 안 그러면 앞으로 의협 놀음을 하다가 위기에 처하더라도 절대 도움을 주지 않을 것이야!]

"내가 죽으면 너도 저승행인데, 과연 그럴 수 있을까? 아직까진 내가 주도권을 쥐고 있다는 걸 명심해."

그러자 천마존이 한층 격분해 고함쳤다.

[내 기필코 네 영혼을 부숴 버릴 테다! 그런 후 육신을 차지해 본교를 재건한 다음 중원의 쓰레기들을 모조

리 없앨 것이야! 그래, 제일 먼저 일화라는 늙은 땡추부터 모가지를 비틀어 죽인 후 그 피로 축배를 들어 주마!]

'한 달이 지났어도 도저히 적응이 안 되는군.'

인상을 찌푸린 천공은 객실 문을 걸어 잠근 후 바닥에 가부좌를 틀고 운기조식에 돌입했다. 그렇게 시간이 얼마 지나지 않아 무아경으로 빠져들었다.

길길이 날뛰던 천마존도 이때만큼은 그를 방해하지 않았다. 운기조식 도중 자칫 잡념이 끼거나 충격을 받으면 기혈이 흔들리고 내력이 역행해 주화입마(走火入魔)의 변을 당할 수 있기 때문이다.

주화입마는 상태에 따라 죽음과 직결된다. 그것은 천마존에게 있어서도 공멸(共滅)의 길인 셈. 그러니 방해될 짓은 삼가는 게 마땅했다.

천공이 운기조식을 하는 동안 천마존은 자기대로 생각의 시간을 가졌다.

'놈, 무슨 꿍꿍이속인지 알 수가 없군. 누군가를 만나러 가는 것 같다는 예감이 들긴 하는데……. 정말로 힘을 되찾을 방법이 있단 말인가?'

그러다가 곧 부정했다.

제 놈이 전능한 신선(神仙)이 아닌 이상 마광파천기를

맞고 위축된 기로를 다시 넓힐 순 없을 것이라 여겼다.

'그나저나 어쩌자고 음강의 인(印)이 찍힌 전표를 함부로 바꾸었단 말인가. 오늘 일로 말미암아 조만간 녀석의 육신을 다룰 수 있는 기회가 또 오겠군. 크흐흣, 어리석은…… . 심혼이 교체될 때마다 본좌의 힘은 보다 빠른 속도로 증강될 것이니라!'

그렇게 한 시진이 지났다.

운기조식을 끝낸 천공은 조용히 호흡을 고르더니 대뜸 두 눈을 반짝이며 물었다.

"그러고 보니 넌 대체 축기를 어떻게 하지? 영혼 상태로도 그게 가능한가?"

[아둔한 놈, 질문 수준하고는…… .]

"하기야 그게 가능하니까 내 몸을 가지고 천마신공을 구사했을 테지?"

[사람 몸에서 정신이 존재하는 자리가 어디냐? 심계가 어디냔 말이다.]

"뇌(腦)."

[그래, 뇌. 상단전이지.]

천공은 그제야 이해했다는 듯 고개를 끄덕거렸다.

"내 상단전을 이용해 영적(靈的)으로 기를 쌓는다는 건가? 그것참 흥미롭군. 덕분에 한 가지 배웠다."

[크큭, 의외로 공부가 부족한 녀석이군.]

"그래도 상단전은 몸의 하단전을 이용함만 못하지? 시간 또한 더 많이 소요될 것이고."

[그야 당연하……]

천마존이 황급히 말꼬리를 흐렸다. 아무 생각 없이 지껄이다가 뒤늦게 자신의 실수를 깨달은 것이다.

천공의 입술이 의미심장한 미소를 머금었다.

"훗, 그야 당연하다고? 과연…… 내 짐작이 옳았어. 그렇다면 현재 수준으로 힘을 모으는 데까지 장장 한 달이 걸렸단 의미인가."

[……!]

"즉, 영혼의 상태로 상단전을 통한 힘의 회복은 그 속도가 느리지만 심혼을 바꿔 내 몸을 다루게 되면 하단전을 이용해 보다 빨리 힘을 되찾는 것이 가능하다, 맞지? 정곡을 찔러 당황했나?"

[크음……]

"반응을 보아하니 확실하군. 앞서 내 육신을 더 다루고 싶어 한 것도 바로 그 이유였어."

천마존은 속으로 이를 뿌드득 갈았다.

'제기랄, 내 이 새끼를 너무 얕봤구나! 대갈통을 제법 굴릴 줄 아는 놈이었어!'

침상 위로 몸을 실은 천공이 머리를 베개에 묻으며 말
했다.

"넌 앞으로 바깥 구경하기가 더 힘들어질 거다."

2장
둘도 없는 벗

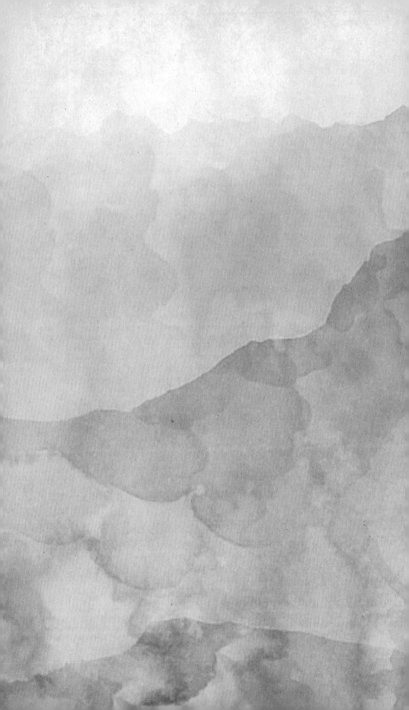

천공은 간단히 아침 식사를 하고 객잔을 나섰다. 그렇게 마을을 벗어나 산속 언덕길로 접어들었다.

이대로 하루 이틀만 더 걸으면 중원 천하의 가운데에 있는 산이라는 천중산(天中山)이 나올 것이다.

[네 목적지가 천중산이냐?]

천마존이 물었지만 천공은 대답이 없었다. 그저 묵묵히 걸음만 옮길 뿐.

천공의 목적지는 천중산이 아니었다.

그 천중산을 지나 하남성 경계를 넘고 안휘성을 가로질러 절강성 동남쪽에 이르면 나오는 광활한 대원시림(大原始林)이 진짜 목적지였다. 예전의 힘을 되찾기 위해 반드시 만나 봐야 할 인물이 바로 거기에 있었다.

돌연 천공이 몸을 흠칫하며 고개를 뒤로 돌렸다. 낯선 발소리와 인기척을 느낀 까닭이다.

아니나 다를까, 건장한 체격의 흑의검수 다섯 명이 빠른 걸음으로 다가오고 있는 것이 보였다.

왠지 눈에 익은 복색.

'귀검성!'

천공은 두 주먹을 꽉 움켰다.

어제의 일과 관련이 있음을 직감한 것이다.

[드디어 나타났군.]

천마존이 전성을 흘리자 천공이 나지막이 물었다.

"저들이 올 줄 알고 있었나?"

[흥! 이 일대는 전부 귀검성의 영역이다. 한데 변장도 하지 않고 버젓이 전장을 들러 거액의 전표를 환전했으니 이렇듯 추적을 받는 게 당연하지.]

천공은 뒤늦게 자신의 실수를 깨달았다.

'내가 너무 경솔했군. 무릇 한시도 마음을 놓아서는 안 되는 곳이 바로 강호인데…….'

하루 빨리 '그'를 만나러 가야 한다는 생각에 미처 작은 부분을 신경 못 썼다.

상황을 돌이킬 수는 없다.

그렇다면 맞서 싸우는 수밖에.

그는 이것도 수행의 하나라고 여겼다.

어차피 힘을 되찾기 전까지진 내공에 기대지 않고 적과 싸우는 요령에 익숙해져야 했다. 과거의 내공 수위를 언제쯤 회복할 수 있을지 기약이 힘든 상황이니만큼 현재 상태로 적과 맞서는 법을 터득하고 발전시킬 필요가 있었다. 앞으로도 이러한 일을 몇 번이나 더 겪게 될지 모르니까.

'늙은 마귀는 정말 필요할 때에만 이용해야 한다. 내 몸을 차지했을 때 힘을 더 빨리 회복할 수 있다는 사실을 알게 된 이상⋯⋯.'

사실 꼭 내공을 쓰지 않더라도 상대를 깨부술 수 있는 방법은 얼마든지 존재했다.

어제의 일도 그랬다.

예상치 못하게 음강이란 일류 고수가 끼어들지 않았다면 혼자서 어떻게든 해결할 수 있는 상황이었다.

맨 처음엔 대적한 검수의 수가 네 명에 불과했다. 그들은 음강이 여러 명의 수하를 대동한 채 나타나기 전까지 쉽사리 자신을 제압하지 못했다.

소림사는 중원 무학의 발원지라는 명성에 걸맞게 무공의 종류가 실로 방대해 그 유명한 칠십이종절예(七十二

種絕藝)를 제외하더라도 권법(拳法), 장법(掌法), 지법
(指法), 조법(爪法), 각법(脚法), 보법(步法) 등등 여러
방면에 걸쳐 내공 없이도 충분히 활용 가능한 것들이 많
았다.

천공은 예전 일화를 통해 내공 없이도 쓸 수 있는 무공
을 몇 가지 배운 적이 있었다. 특히 단시간에 상대의 급
소를 정확히 노릴 수 있는 유용한 무공을 위주로 습득했
는데, 그 덕분에 어제 검수 네 명과 맞서고도 우위를 점
할 수 있던 것이다.

'지금도 어제와 비슷한 상황이군.'

보아하니 다가오는 검수들 모두 어제 상대해 본 무리와
큰 차이가 없는 실력인 듯싶었다.

일류가 아닌 이류의 검수들. 그 수도 겨우 한 명이 더
해진 다섯 명.

그렇다면 승산이 있다. 적어도 죽음에 처할 위기는 맞
지 않을 것이다.

물론 방심은 금물이었다. 이류라 하더라도 사파에서 명
성이 높은 귀검성의 검학(劍學)을 익힌 자들이었으니까.

한편, 천마존은 이 모든 상황이 불만스러웠다.

'제기, 인원수가 너무 적다. 이래선 곤란한데……. 최
소 열 명은 넘게 데리고 왔어야지. 저놈들, 음강이 됐겠

다는 사실을 아직 모르는 모양이구나.'

귀검성의 검수들이 십 보 간격에 이르러 멈춰 서며 저마다 은은한 살기를 내뿜었다.

천마존이 은근슬쩍 천공의 속을 떠보았다.

[본좌가 도움을 줄까?]

"누구 좋으라고? 혼자서 해결할 수 있어."

[괜히 몸 버리고 시간 버리지 말고 후딱 해치우면 좋지 않으냐! 네놈도 갈 길이 바쁠 터인데!]

"바깥 구경하기가 더 힘들어질 거라고 했던 말, 벌써 잊었나?"

[망할 새끼…….]

"너무 아쉬워 마라. 절명의 위기가 닥치면 그땐 어쩔 수 없이 널 이용할 수밖에 없으니까. 아, 물론 오늘은 아니야."

그사이 귀검성의 검수들이 지척으로 다가왔다.

중앙에 자리한 삼십 대 검수가 날카로운 눈빛으로 품에서 뭔가를 꺼내 펼쳤다. 그것은 천공과 꼭 닮은 초상화였다. 그는 두 얼굴을 대조해 본 후 입꼬리를 씰룩이며 말했다.

"확실하군."

천공은 짐짓 모른 체했다.

"내게 무슨 볼일이 있소?"

"이제 와서 발뺌해도 소용없다. 네놈이 어제 환전을 한 그 전표, 어디서 난 것이지?"

"난 모르는 일이오."

삼십 대 검수의 표정이 기이하게 일그러졌다.

"사태의 심각성을 올바로 인지하지 못한 것 같은데……."

그 말과 함께 손짓을 보내자 나머지 네 명의 검수가 사위로 벌려 서며 천공을 포위했다. 여차하면 손을 쓰겠다는, 노골적인 협박이었다.

"자, 이제 좀 파악이 되나?"

조소를 머금은 삼십 대 검수가 칼자루를 뽑았다.

스르릉.

그 검명(劍鳴)을 시작으로 다른 검수들도 일제히 검을 뽑아 들었다.

한데 그들의 기대와 달리 천공의 태도는 의연했다. 오히려 공격을 가해 오면 맞받아치겠다는 듯 주먹을 쥔 손에 힘을 주고 있었다.

그 모습을 접한 삼십 대 검수는 꺼림칙한 기분이 들었다.

'이것 봐라?'

처음엔 운 좋게 전표를 훔친, 뭣 모르는 도둑놈 정도로 여겼는데, 의연한 태도를 접하자 생각이 바뀌었다.

'설마…… 무공을 익혔나?'

그의 두 눈이 천공의 행색을 면밀히 훑었다.

아무리 봐도 일신을 감싼 기도가 그리 대단한 것 같진 않은데……. 제법 훤칠한 신장에 준수한 얼굴을 빼곤 그리 특별할 게 없었다.

'이 지역에 위치한 문파의 사람이라면 우리 복색만 보고도 지레 겁을 먹고 고개를 숙였을 것이다. 그런데 저런 식으로 나오는 것을 보니 뭔가 믿는 구석이 있단 뜻이겠지? 흠, 혹시 본성과 비등한 명성을 가진 곳에 몸담고 있는 무인인가?'

그러다가 문득 어제 이후로 음강의 행방이 묘연한 것과 천공이 전표를 환전한 것이 깊은 연관이 있을지도 모른다는 생각이 들었다. 하지만 음강의 실력이 얼마나 대단한지를 잘 알기에 괜스레 나쁜 상상은 하지 않았다.

"어느 문파 소속이지?"

삼십 대 검수가 신중한 투로 묻자 천공이 고개를 가로저었다.

"어디에도 적을 두지 않은 몸이오."

대답을 들은 삼십 대 검수는 그제야 안심이 됐다.

'훗, 괜한 기우였나?'

만약 다른 거대 문파에 속한 인물이라면 괜히 건드렸다가 불필요한 분쟁을 촉발할 수도 있지만, 기댈 곳 없는 몸이라 하니 거리낄 게 없잖은가.

"나는 귀검성 흑심단(黑心團) 소속 도장평(陶場平)이라 한다."

귀검성의 위명에 기대 심적으로 부담을 느끼게 만들겠다는 의도였다.

천마존이 가소롭다는 듯 비웃었다.

[제 실력에 앞서 무문의 이름부터 내세우는 걸 보니 애초에 크게 되긴 그른 새끼로군.]

도장평은 천공의 눈빛과 태도가 여전히 흔들림이 없자 자못 머쓱했다. 그러나 내색하지 않고 한층 싸늘한 어조로 물었다.

"어떤 재주를 부려 전표를 손에 넣은 것인지 모르겠다만, 네가 함부로 가져다 쓴 돈의 주인이 어떤 분이신지 알고는 있나?"

천공도 더는 말을 에두르지 않았다.

"음강."

순간, 도장평이 전신으로 짙은 살기를 뿜었다.

"놈! 어제 음 단주님을 뵈었느냐?"

"물론. 그와 손속까지 나누었지."

거침없는 대답 앞에 도장평의 동공이 작은 파문을 일으켰다.

"설마 음 단주님을 꺾고 그 전표를 빼앗았다는 뜻은 아니겠지?"

천공은 전신의 감각을 한껏 열며 단호한 목소리를 발했다.

"내가 죽였다. 음강과 그 일당 전부를."

도장평과 네 검수의 안색이 석상처럼 굳었다. 다들 믿기 힘들다는 표정이었다.

그것이 바로 천공의 노림수였다.

'예상대로 동요하고 있군.'

음강이란 이름이 가진 무게감이 더없이 큰 효과를 발휘했다. 이제껏 무식하게 살기만 드러내던 적들이 경각의 눈빛을 띠며 섣불리 덤비지 않는 것만 보더라도.

천마존이 속으로 웃음을 터뜨렸다.

'훗. 놈, 제법 그럴싸한 심리전을 쓰는구나. 싸움은 모름지기 먼저 흥분하는 쪽이 패하게 되는 법이지.'

마음이 흔들리면 따라서 몸도 흔들리고, 일신의 무공마저 그 위력을 제대로 발휘하기 힘들다. 반드시 허점을 드러내기 마련이다.

도장평이 광분해 외쳤다.

"이런 미친! 네놈 따위가 본성의 십대고수이신 음 단주님을 해했다고? 그런 개소리를 믿을 것 같으냐!"

천공이 두 다리를 어깨너비로 벌리며 손짓을 보냈다.

"못 믿겠다면 직접 확인해라."

명백한 도발에도 도장평은 선뜻 발을 내딛지 못했다. 막상 손속을 나누려니 왠지 껄끄러웠기 때문이다.

'일단 수준을 가늠해 보자.'

그는 얼른 천공의 등 뒤쪽에 선 검수에게 눈짓을 보냈다. 하지만 그 검수 역시 선뜻 움직이지 않았다.

"뭣 하느냐!"

도장평의 신경질적인 소리에 예의 검수는 마지못해 검을 검쥐고 돌진했다.

천공은 즉각 신형을 돌려세웠다.

'첫 상대는 무조건 일격(一擊)에 보내야 한다!'

빠르게 간극을 좁혀 든 검수가 큰 동작으로 검을 내리그었다.

천공은 안력으로 검의 궤도를 읽어 들이며 민첩하게 몸을 옆으로 비틀었다.

이에 예리한 검날은 콧등과 가슴 앞을 아슬아슬하게 지나치며 지면에 깊이 쑤셔 박혔다.

꽈곽―!

동시에 바람을 가른 천공의 주먹이 검수의 좌측 귀 뒤쪽 부위를 강타했다.

뻐어억!

검수는 그대로 눈을 까뒤집고 쓰러졌다.

방금 천공이 가격한 곳은 천극혈(天隙穴). 내력이 실리지 않은 주먹이라도 능히 목숨을 빼앗을 수 있는 사혈(死血)이었다.

곧이어 좌측에 자리해 있던 검수가 우렁찬 기합을 지르며 사납게 쇄도했다.

쐐애액.

목을 찔러 드는 검날에 내력이 실렸다.

천공은 빠르게 허리를 숙여 공세를 피한 후, 왼쪽 팔꿈치로 검수의 하복부를 때렸다.

"컥!"

숨이 턱 막힌 검수가 괴로운 표정을 짓는 찰나, 천공은 그대로 왼발을 일 보 내딛으며 두 주먹을 상하로 뻗었다.

퍼벅, 퍽!

안면과 명치를 강타당한 검수는 비명을 삼키며 뒤로 크게 나자빠졌다.

"놈!"

진노한 도장평과 나머지 두 검수가 한꺼번에 움직였다.

천공은 전신의 피부를 팽팽히 당기는 긴장감을 느끼며 그들의 움직임에 집중했다.

쉭, 쉬익, 써걱, 슈우욱—!

삼방(三方)으로 쇄도하며 파공음을 터뜨리는 칼날들.

하나같이 내력이 실린 공세라 맞받게 되면 외상은 물론이고, 내상을 피할 수 없다.

네 무인이 한 공간에서 마구 뒤엉키자 그 움직임이 한층 복잡해졌다.

천공은 천공대로 세 개의 칼날을 피하느라 정신이 없었고, 검수들은 또 검수들대로 행여 자기편을 찌르는 일이 발생하지 않게끔 신경을 쓰며 손속을 놀렸다.

어느 순간, 천공이 우측에 있는 검수의 허점을 발견하곤 오른발을 높이 차올렸다.

퍽! 소리와 함께 턱을 얻어맞은 검수가 피를 머금고 비척대며 뒷걸음질 쳤다.

공간을 확보한 천공은 곧장 좌측의 검수를 노려 권격(拳擊)을 내질렀다. 놀란 검수가 움찔하는 순간, 천공의 주먹은 한 치의 오차도 없이 가슴의 구미혈(鳩尾穴)을 두드렸다.

"꺼어어……."

검수는 괴로운 얼굴로 가슴을 움키며 털썩 주저앉았다.

구미혈은 심맥과 직결되는 요혈(要穴). 만약 내공이 실린 공격이었다면 즉사했을 것이다.

천공은 신속히 왼발로 그 검수의 관자놀이를 강하게 차 정신을 잃게 만들었다.

그것을 본 도장평은 안 되겠다 싶었는지 십 보 밖으로 운신하며 하얀 검기를 발출했다.

슈우우욱.

천공은 대나무가 휘듯 몸을 뒤집어 검기를 회피한 후, 다시 중심을 잡고 섰다.

도장평이 숨을 거칠게 몰아쉬며 물었다.

"후욱, 후욱! 네놈…… 대체 정체가 뭐냐?"

천공 역시 가쁜 호흡을 고르며 대답했다.

"후우우…… 지나가는 나그네."

천마존이 이때다 싶어 외쳤다.

[놈! 더 힘 뺄 필요가 무어 있느냐? 이제 본좌에게 맡겨라! 눈 깜빡할 사이에 처리해 주마!]

천공이 미간을 좁히며 속삭였다.

"시끄러워. 이것도 내겐 중요한 수련이다."

[뭐? 수련? 네놈이 기어이 날 엿 먹이겠단 말이지?]

천공은 그 말이 은근히 신경 쓰였지만 곧 눈앞의 상대에게 정신을 집중했다. 그런데 그때, 앞서 턱을 맞고 물러났던 검수가 기습적으로 등 뒤를 노려 왔다.

'앗!'

천공이 황급히 발을 굴려 신형을 옆으로 옮겼다.

찌이익.

수직으로 떨어진 칼날에 의해 오른쪽 소매가 길게 찢겨 나갔다.

"으윽!"

팔로 스미는 화끈한 통증에 천공이 짧게 신음했다.

완벽히 피하지 못해 살갗을 제법 길게 베이고 말았다. 그래도 상처가 깊지 않은 것은 다행이었다.

예의 검수가 재차 내력을 실어 검을 휘둘렀다.

천공은 이를 윽물고 검세를 피한 다음, 바짝 접근해 좌권(左拳)으로 구미혈을 강타했다. 충격을 받은 검수는 뒤로 넘어지며 뾰족이 튀어나온 돌에 뒤통수를 박고 숨이 끊겼다.

[왼쪽을 조심해라!]

천마존의 갑작스런 전성에 천공은 본능적으로 고개를 돌리며 방어 자세를 취했다.

한데 느닷없이 우측에서 한 줄기 검기가 어깨를 향해

날아들었다.

'이런!'

화들짝 놀란 천공이 다급히 상체를 비스듬히 기울였지만, 간발의 차이로 어깨를 베이고 말았다.

팔뚝을 타고 주르륵 흐르는 선혈.

예의 검기의 주인은 다름 아닌 도장평이었다.

[어리석은 놈, 내 말을 믿었느냐? 크큭.]

천마존의 비웃음에 천공은 화가 치밀었지만 이내 평상심을 유지했다.

'후우, 진정하자. 늙은 마귀의 심술에 휘둘려 흥분해선 안 된다!'

도장평은 오륙 보 간격을 유지하고 선 채 밉살스러운 웃음을 지어 보였다.

"우후훗, 이제 보니 내공이 개뿔도 없는 놈이었군. 그따위 실력으로 음 단주님을 해쳤다고? 지나가던 개가 웃을 소리지."

쓸쓸한 미소를 그린 천공이 중얼대듯 말했다.

"그래, 내가 죽이지 않았다."

도장평은 그 말이 무슨 의미인지도 모른 채 득의에 찬 얼굴로 이죽거렸다.

"흥, 지쳐 죽을 때가 되어서야 진실을 토하는구나. 내

다시 묻겠다. 그 전표는 어디서 난 거냐?"

"이 싸움이 끝나면, 네가 날 이기면…… 그때 말해 주마."

"내공조차 없어 빌빌거리는 놈이 그 다친 팔을 안고 날 상대하겠다고?"

그에 천공은 핏물이 연신 배어 나오는 자신의 오른팔을 흘깃 보며 생각했다.

'몸이 지쳤다. 반응 속도가 점점 느려지고 있어. 역시…… 내력이 동반되지 않은 근력만으론 한계가 따르는구나.'

돌연 도장평이 어딘가를 바라보며 손을 번쩍 들고 마구 흔들었다.

"이봐! 여기다, 여기!"

그의 시선을 따라가니 저 멀리 숲길로부터 귀검성 검수 이십여 명이 우르르 달려오고 있는 것이 보였다.

천공은 전신의 힘이 쭉 빠지는 기분이었다.

'녹록한 일이 아니군, 이러한 몸으로 강호를 헤쳐 나간다는 것은……'

천마존이 대소하며 거만하게 말했다.

[크하하하하! 뭐? 오늘은 아니라고? 네놈의 예상과 달리 절명의 위기가 닥쳤구나! 이젠 네놈도 별수 없겠지.

자, 토막이 나 돼지기 싫거든 어서 내게 몸뚱이를 허락해라.]

천공은 내키지 않았지만 천마존의 말마따나 선택의 여지가 없는 상황이었다.

"운이 좋군, 늙은 마귀."

그렇게 천공이 심법을 힘을 거두려는 찰나, 뒤쪽의 무성한 수풀 너머로 빠르게 쇄도해 드는 기척이 느껴졌다.

'아뿔싸! 적이 또 있었나?'

그 짧은 의문을 품는 동안에 예의 기척은 벌써 지척으로 육박했다. 실로 엄청난 속도였다.

천마존이 황급히 소리쳤다.

[기척으로 보아 일류 고수다! 서둘러라!]

파사삭!

이내 수풀을 헤치고 나타난 인영.

팔 척이 넘는 곰 같은 체구에 죽립을 깊이 눌러쓴 회의 사내였다.

갑작스런 불청객의 등장에 도장평은 물론, 가까이로 온 검수들까지도 움찔 놀랐다.

회의사내는 순식간에 땅을 박차고 도장평 앞으로 가 육중한 일장(一掌)을 날렸다.

푸하아아악—!

손바닥 형태로 몸통이 꿰뚫린 도장평의 시신은 피와 내장을 흩뿌리며 오 장 밖으로 나가떨어졌다.

한순간에 찾아든 무거운 정적.

그것을 본 천공이 두 눈을 부릅떴다.

'대력금강장(大力金剛掌)? 설마……!'

너무나도 익숙한 몸집과 무위였다. 이내 뇌리로 못내 그리운 얼굴 하나가 선명히 떠올랐다.

'네가 어떻게 여기에……?'

일편, 귀검성 검수들은 신속히 병풍처럼 펼쳐 서며 천공과 회의사내를 포위했다. 그러곤 저마다 서슬 시퍼런 칼을 사납게 뽑아 들었다.

검날의 예기가 공간을 가득 메운 가운데 회의사내는 오른발을 뒤쪽으로 쭉 편 채 왼발로 지면을 꿍! 찧으며 우권(右拳)을 내질렀다.

쿠아아아아─!

무시무시한 힘이 압축된 권경(拳勁)이 발출되자 정면에 있던 검수 둘이 무참히 짓이겨졌다. 덩달아 그 뒤쪽에 자리한 나무들도 일렬로 길게 줄을 잇듯 산산조각이 나 허공으로 마구 비산했다.

신장(神將)의 위엄이 서린 듯한 압도적인 권경.

백 보 밖의 바위도 가루로 만들어 버린다는 소림사 최

상승 절예, 백보신권(百步神拳)이었다.

회의사내가 잠깐 동안 펼쳐 보인 신위 앞에 귀검성 검수들은 몸이 얼어붙었다. 그들은 자신들이 검을 통해 드러낸 예기가 얼마나 초라한 것인지 비로소 깨달았다.

천마존은 자못 당혹스러웠다.

'저놈이 왜 다짜고짜 천공을 돕는 거지?'

그때, 회의사내가 천공을 향해 죽립 밑으로 치아를 드러내며 씩 웃었다.

"망할 자식, 내 너를 배웅도 않고 보낼 줄 알았냐?"

"천중……."

"됐다, 이따가 이야기하자. 잠시 쉬고 있어."

천중은 그 말이 끝나기가 무섭게 냅다 신형을 날렸다.

흡사 구름을 누비는 비룡 같은 운신.

천공이 보일 듯 말 듯 미소를 지으며 속으로 중얼거렸다.

'운해비영(雲海飛影). 오랜만에 보니 새롭군.'

억지로 용기를 짜낸 검수 둘이 좌우를 노리고 들었지만, 천중은 운해비영으로 가볍게 회피한 후 양 주먹을 뻗었다. 그 권풍(拳風)에 휩쓸린 두 검수는 뒤로 세게 튕겨 날아가 땅에 머리를 들이받고 죽었다.

[뭐야, 소림사 땡추인가?]

천마존의 물음에 천공이 짧게 대꾸했다.

"내 단짝이다."

천중의 무위는 가히 일절이었다. 그가 돌덩이 같은 주먹을 지를 때마다 어김없이 섬뜩한 파골음이 터졌고, 귀검성 검수들은 하나둘씩 고혼(孤魂)이 되어 사라졌다.

지극히 짧은 시간 동안 무려 절반의 적이 목숨을 잃었다. 그 광경을 보던 천마존은 화가 치밀었다.

'크윽, 재수가 없으려니······!'

천공의 몸을 다룰 기회를 이런 식으로 날려 버리게 되리라곤 생각도 못했다. 이럴 줄 알았으면 앞서 심술을 부리는 게 아니었는데, 괜히 미운털만 더 박히게 생겼잖은가.

차후 위기 상황이 닥쳤을 때 천공을 설득하기가 한층 더 어려우리란 것은 불 보듯 뻔한 일이었다.

"네놈들 따위가 감히 내 하나뿐인 벗을 핍박해!"

대갈을 토한 천중은 거침없이 소림사의 절예를 연이어 펼쳐 보였다.

복마장(伏魔掌), 금룡조(金龍爪), 탄지공(彈指功)······.

귀검성 일류 고수가 오더라도 감당하기 버거울 절예들이 공간을 화려하게 수놓았고, 일대는 금세 피바다로 변했다.

검수들을 모조리 저승으로 보낸 천중이 배를 쓸며 투덜거렸다.

"젠장, 힘을 너무 과하게 쏟아부었어. 밥 먹은 지 얼마 안 됐는데 벌써 배가 고프네."

천공의 곁으로 온 그가 죽립을 휙 벗어 던졌다. 그러자 덥수룩한 머리칼에 산적처럼 우락부락하게 생긴 얼굴이 훤히 드러났다.

"반년 만이구나, 천중."

천공과 천중은 동갑내기로 어릴 때부터 마음을 터놓고 지낸 오랜 친구 사이였다. 그야말로 둘도 없는 친구였다.

사실 항렬은 같지만 계위는 천공이 더 높았다. 그는 다름 아닌 일화의 직계 제자였으니까.

하지만 두 사람은 평소 그러한 격식에 얽매이지 않고 서로를 편히 대했고, 어느덧 십오 년 가까이 두터운 우정을 쌓았다.

절친한 친구답게 걸어온 길도 비슷했다.

천중도 실지 천공처럼 무공에 대한 재능이 남다른 무승이었다.

그는 어릴 때부터 가파른 성장을 보이며 진산 무공을 하나씩 깨우쳤고, 약관이 넘어서는 그 어렵다는 오대관문

(五大關門)도 모조리 통과했다. 그러고는 결국 소림사가 자랑하는 고수, 십팔나한(十八羅漢)의 일원이 되어 일신의 명성을 드높였다.

현재 천중은 나이의 고하를 떠나 소림사 내에서도 열 손가락에 드는 무위를 지니고 있었다. 또한 칠십이종절예를 스무 가지 이상 익힌, 몇 안 되는 무승이기도 했다.

"너, 이 괘씸한 자식! 어찌 내게 인사 한마디도 없이 떠날 수 있어!"

천중이 버럭 성질을 내며 주먹을 휘둘렀다.

퍽!

천공이 오른쪽 뺨을 감싸며 싱긋 웃었다.

"그땐 나도 경황이 없었어."

오히려 당황한 쪽은 천중이었다.

"이, 인마……! 피하라고 휘두른 건데 멍청히 서서 맞고 있으면 어떡해?"

"보다시피 내가 정상이 아니잖아."

그 말이 천중을 더 미안스럽게 만들었다.

"쳇, 일부러 맞아 준 것 다 알아. 나원, 천하의 천마존조차 오줌을 지리게 만들었다던 항마조 수승의 위용은 어디로 다 사라진 거냐?"

[갈! 저런 미친 땡추 같으니! 본좌가 뭐, 오줌을 지려?]

천마존의 광분해 소리치자 천공은 저도 모르게 그만 피식 웃었다.

"실없이 왜 웃어?"

"아니다. 참, 넌 징벌 기간이 다 끝난 건가?"

"껄껄껄! 끝나기는 무슨. 무단으로 도망쳐 나온 거지. 으, 진짜 참회동의 독방은 다시 떠올리기도 싫다!"

참회동은 소림사 승려들이 계율을 어겼을 때 갇히게 되는 지하 동굴이었다. 그곳에 든 승려는 하루 이식(二食)만 하며 강제적인 면벽좌선(面壁坐禪)으로 자신의 과오를 깊이 반성하는 의식을 치르는데, 그 징벌 기간은 죄질에 따라 달랐다.

천공이 머리를 절레절레 흔들었다.

"어쩌자고 그런 짓을……."

"망할 네놈 때문이라고! 그러게 편지 한 장이라도 남길 것이지. 그간 네 종적을 뒤쫓느라 얼마나 고생한 줄 알아?"

"하하, 미안하다."

"쳇, 웃지 마. 맘 같아선 그 상판대기 한 대 더 때리고 싶으니까."

"나야 친구라 상관없지만, 사문으로 돌아가거든 웬만

하면 그런 속된 말투는 자중해. 참회동에 갇힌 것도 그
때문이잖아. 명색이 십팔나한이 그래서 쓰나."

"내가 천성이 그렇다는 건 다들 알고 있는데 뭘 새삼스
럽게……. 다만, 그때는 사형제들과 모여 무학논전을 벌
이다가 나도 모르게 욕설이 입 밖으로 튀어나오는 바람에
그렇게 됐지. 실수야, 실수!"

천공이 혈(穴)을 눌러 지혈하며 말했다.

"일단 자리를 옮기도록 하자. 외상도 치료해야 하
니……."

"저쪽에 말을 묶어 뒀어. 가지고 올 테니 여기서 잠깐
기다려."

천공과 천중은 말을 타고 산길을 통과해 정오 무렵 한
작은 마을로 들어섰다. 그러곤 곧장 의원을 들러 상처를
꿰매고 반점에서 식사를 해결한 후, 다시 마을 바깥의 외
진 계곡으로 향했다.

퀄퀄거리는 계곡물 옆에 자리한 작은 동굴.

입구와 가까운 곳에 천공과 천중이 마주 앉아 이런저런
이야기를 주고받았다.

"……그래서 파문을 당했다고? 정체불명의 마기가 겉
으로 드러날 지경에 이르러서?"

"사부님을 포함해 몇몇 분만 알고 계시지."

"어쩐지⋯⋯. 대다수의 일대 사형제들은 일 년을 기다려도 네 상태가 나아지질 않자 무승이 아닌 다른 삶을 찾도록 하는 게 낫다고 여겨 파문시킨 것으로 알고 있거든. 물론 나도 그런 줄 알았고. 이, 삼대 제자들은 아예 그 사실조차도 몰라."

"그나저나 넌 내게서 아무것도 느껴지는 게 없나 보군."

"잠깐만, 제대로 한 번 살펴보자."

천중은 가부좌를 틀며 내력을 운용해 기감을 활짝 열었다. 하지만 아무것도 느낄 수 없었다.

고개를 갸웃한 그는 하단전을 빠르게 돌려 내력을 극성으로 이끌어 냈다. 그러자 비로소 천공의 체내로부터 음침한 기운이 꿈틀거리는 것이 감지됐다.

이내 내력을 갈무리한 천중이 눈살을 찌푸렸다.

"흠, 정말 그렇군. 그 마기는 네가 익힌 마공과 비교해 뭔가 성질이 달라."

"잘 봤다. 역시 대단해."

"대단하긴 무슨. 장문 방장님처럼 대번에 눈치챌 수준은 돼야 대단하단 말이 어울리지. 아, 그러고 보니 넌 아직까지 내게 마공 명을 가르쳐 준 적이 없네?"

순간, 천마존은 귀가 솔깃해졌다.

"항마조 수칙이니까. 자신이 익힌 마공의 명은 절대 발설하지 않는다는."

천공의 대답에 천마존은 그만 김이 새고 말았다.

[젠장.]

"됐어, 나도 딱히 궁금하진 않아. 아무튼 그것 혹시 마광파천기의 잔여 기운이 숨어 잠들어 있다가 알 수 없는 작용으로 되살아난 게 아닐까?"

"글쎄……."

천공은 일부러 말을 아꼈다.

자신이 유일하게 마음을 활짝 터놓는 친구이긴 하나 이제 와서 굳이 천마존의 존재를 알려 걱정을 끼치고 싶진 않았다.

"어쨌든 위축된 기로를 원래대로 되돌려 내공을 회복하면 그 마기는 아무런 문제가 되지 않는 거지?"

"아마도."

천중이 문득 의미심장한 눈빛으로 품에서 뭔가를 꺼냈다.

"아무쪼록 이게 도움이 되었으면 좋겠군."

솥뚜껑 같은 손바닥 위에 놓인 불그스름한 환약.

바로 무림제일의 영약이라 일컫는 소림사 대환단이었

다.

놀란 천공이 이내 굳은 표정으로 손사래를 쳤다.

"받을 수 없다. 사정을 빤히 아는데 내가 어떻게……."

대환단은 그 효능이 대단한 만큼 한 알을 만드는 데 무려 십 년 이상이 소요된다. 그것도 단순히 약재만 가지고 연단하는 것이 아니라 고위 무승이 주기적으로 내공을 불어넣는 과정을 거쳐야 비로소 완성을 보았다.

현재 소림사가 보유한 대환단은 겨우 서른 개 남짓.

과거 항마조를 양성하며 이백 개 넘게 써 버린 탓에 남은 양이 많지 않았다. 말 그대로 한 알, 한 알이 귀한 때였다.

천공이 극구 사양했지만, 천중은 뜻을 굽히지 않았다.

"널 위해 가지고 온 거다. 잔말 말고 받아!"

"이것은 네가 복마십팔관문(伏魔十八關門)을 어렵사리 통과하고 상으로 받은 대환단 아닌가?"

"맞아. 칠 년 동안 안 먹고 보관해 두고 있었지."

"한데 그 소중한 걸 내게 주겠다고?"

"제아무리 귀한 대환단이라도 우리 우정보다 소중하진 않아. 인마, 내가 기껏 네놈 얼굴이나 보자고 여기까지 온 줄 알았냐? 참회동을 탈출하면서까지?"

천중의 그 말에 천공은 가슴이 뭉클했다.

"하나 네가 이걸 복용하면 당장 십팔나한의 수승에 오를 수 있을 텐데……."

"어이, 집어치워라. 그런 건 내 노력으로 쟁취하면 돼."

"천중……."

"언젠가 장문 방장님께서 말씀하셨지. 벗을 믿지 않는 것은 그 벗에게 속는 것보다 더 부끄러운 일이라고. 이 대환단은 널 믿으니까 주는 거야. 다른 이유가 필요하냐?"

자신을 부끄러운 사람으로 만들지 마라, 그 뜻.

결국 천공은 무거운 낯빛으로 대환단을 집어 들었다.

"네 마음이 그러하다면 받지 않을 수가 없군."

자신이 받아 든 것은 단순히 영약이 아니었다. 그 무엇보다 값진 협기(俠氣)를 품은 우정의 증표였다.

천중이 싱긋 웃으며 천공의 어깨를 가볍게 두드렸다.

"섣불리 복용하지 말고 기로를 넓힐 방법을 찾거든 그때 복용해. 아무튼 꼭 힘을 회복해 본사로 돌아와라. 그게 오늘의 은혜를 갚을 유일한 길이니까."

"가슴 깊이 새겨 두마."

"껄껄껄, 낯간지러운 대화는 여기까지 하자. 너 말이야, 기왕 속세로 쫓겨났으니 그동안 승려로 살며 못해 본 것들이나 좀 해 봐. 이런 때 아니면 언제 또 해 보겠어?"

대환단을 갈무리한 천공이 물었다.

"못해 본 것들……?"

"이런 순진한 놈! 척하면 척 알아들어야지. 여자 말이야, 여자. 넌 지금 완전히 자유의 몸이잖아."

천공이 어이없다는 듯 피식 웃었다.

"제대로 파계승 놀음을 하라는 건가?"

별안간 천마존이 불쑥 나섰다.

[후훗! 저 땡추 말이 맞다. 계집질도 안 하고 세상 무슨 재미로 산단 말이냐? 네 녀석도 솔직히 동정을 떼고 싶지? 아침마다 거기가 벌떡 서 있는 걸 다 봤다. 가는 길에 기방(妓房)이나 한 번 들러라. 함께 재미 좀 보게. 가서 가슴도 주무르고 엉덩이도 만지고, 그렇게 하루 정도 질펀하게 놀고 나면 세상이 달라 보일 것이야.]

듣고 있던 천공은 속으로 혀를 찼다.

'나참, 이제 보니 천마가 아니라 색마(色魔)로군.'

[모름지기 욕정도 참으면 나중엔 병이 되는 법이지. 크흐흐흐…….]

소성을 흘린 천마존은 교주 시절 밤마다 자신의 침소로 와 운우지락을 나누던 요녀(妖女)들을 떠올렸다.

'그년들 전부 요분질 하나는 진짜 끝내줬지.'

새삼 그때를 생각하니 천공의 젊고 건장한 육신을 차지하고픈 욕구가 한층 더 커졌다.

'이놈의 육신만 빼앗으면 반로환동(返老還童)한 것이나 다름 아니지! 상상만 해도 흐뭇하군.'

그때, 천중이 능글맞은 얼굴로 놀렸다.

"풋, 얼굴이 좀 상기된 것 같은데? 속으로 이상한 생각 한 거냐? 난 그저 평범한 남녀의 사랑을 말한 거라고. 하룻밤 불타는 인연이 아니라."

"어째 네가 더 좋아하는 것 같군."

"들켰나? 껄껄껄! 속가제자로 강등되는 것도 그리 나쁠 것 같진 않다고 가끔 생각은 하지."

"하하하, 계율원에서 그 말을 들었다면 넌 그날로 영원히 참회동에 갇혀 햇볕 구경을 할 수 없게 될 거다."

천공은 잘 알았다, 비록 천중이 말은 저렇게 해도 소림사 십팔나한이라는 것에 대한 자부심이 그 누구보다 크다는 사실을. 결코 속가제자로 강등 당할 짓은 하지 않을 친구였다.

"쳇, 네놈이 갑자기 또 참회동 얘기를 꺼내니 가슴이 갑갑하네. 이번에 돌아가면 독방에서 최소 일 년 이상은 더 썩게 될 것 같은데……."

"이제 와서 날 만나러 온 걸 후회하는 건 아니겠지?"

"후회된다, 인마! 그건 그렇고, 너 목적지는 있는 거냐? 혹시 천중산으로 가는 길인가?"

"아니, 그보다 더 먼 곳으로 가는 중이다."

"더 먼 곳? 어디?"

천중의 물음에 천마존도 귀를 기울였다. 안 그래도 어제부터 목적지가 어디인지, 과연 누굴 만나러 가는 것인지 몹시 궁금했기 때문이다.

천공은 잠시 망설이다가 입을 뗐다.

"안탕산(雁蕩山) 북쪽의 대원시림."

"뭐?"

[뭣?]

천중과 천마존이 동시에 놀랐다.

"흔히 그곳을 신비괴림(神祕怪林)이라 부른다지?"

"너, 진심이냐? 신비괴림에 발 한 번 잘못 들였다간 죽을 때까지 못 빠져나올지도 몰라."

"거기에 내가 꼭 만나 봐야 할 사람이 있다."

"누구?"

"흑선(黑仙)."

"아! 흑선……."

흑선은 신비괴림 내에 있는 흑운동(黑雲洞)에 기거한

다는 기인이다.

그는 과거 중원을 주유하며 의술(醫術), 선술(仙術), 귀술(鬼術), 주술(呪術) 등으로 명성을 떨쳤는데, 지금으로부터 팔 년 전 '신비괴림의 흑운동으로 들어 여생을 보낼 것이니 혹여 내 도움이 필요한 사람은 그곳으로 오라'는 말만 남긴 채 홀연 종적을 감추었다.

그날 이후로 흑선을 만났다는 사람은 전무했다. 되레 그를 찾기 위해 신비괴림으로 들었다가 허탕을 치거나 행방불명된 자들만 있을 뿐.

천마존은 속으로 천공을 비웃었다.

'미친! 네놈이 무슨 수로 흑선을 만난단 말이냐? 현재 살았는지 뒈졌는지조차 알 길이 없거늘. 그보다 문제는 신비괴림으로 향한다는 것인데⋯⋯. 이 정신 나간 녀석이 제 발로 사지를 찾아 들어가는구나. 가만, 가만! 아니지, 생각해 보니 나쁠 것도 없겠군. 가서 절명의 위기가 닥치면 내게 몸을 맡길 수밖에 없을 테니까. 크흐흐, 그곳이 괜히 신비괴림이라 불리는 게 아니니라.'

천공이 눈빛을 깊게 가라앉히며 말했다.

"너도 알다시피 흑선은 의신(醫神) 화타(華佗)의 환생이란 말을 들을 만큼 타의 추종을 불허하는 방술(方術)을 지녔지. 그러면 분명 내 몸을 원래대로 돌려놓을 방도를 알고 있을 거야."

잠시 뭔가를 생각하던 천중이 물었다.

"흑선이 은거한 이후로 지금까지 그를 만났다는 사람은 단 한 명도 없다는 사실을 모르는 건 아니지?"

"물론."

천공의 표정을 살피던 천중이 돌연 대소했다.

"껄껄껄! 좋아, 가서 꼭 힘을 되찾아라!"

"뜻밖이군. 회의적인 반응을 보일 줄 알았는데."

"이런 의뭉스러운 놈. 눈빛만 봐도 알아. 너…… 흑선에 대해 뭔가 아는 게 있지?"

천공이 대답 대신 의미심장한 미소를 머금자 천마존은 그것이 마음에 걸렸다.

'이놈…… 정말로 흑선에 대해 뭔가 알고 있단 말인가?'

그때, 천중이 자못 진중한 눈빛으로 당부했다.

"흑선에 대해 일부러 말을 아끼는 것 같으니 더는 안 물으마. 아무튼 그와의 만남은 둘째 치고, 신비괴림은 일류 고수들도 발길을 꺼리는 곳이니 각별히 조심해."

안탕산 북쪽, 태고의 대원시림은 작금까지도 전인미답의 험지를 품고 있는 신비의 장소였다.

풍문에 의하면 그곳엔 온갖 종류의 기초(奇草), 독초

(毒草)가 자생하고, 이름 모를 괴수(怪獸)나 독물(毒物)
도 무수히 잔존한다고 전했다.

또한 고대의 천험한 환경이 만들어 낸 천연의 결계가
형성되어 있어 일신의 능력이 부족한 자가 섣불리 안으로
발을 들었다간 죽을 때까지 빠져나오지 못한다는 말도 있
었다.

그럼에도 불구하고 매해 대원시림을 찾는 사람들은 꾸
준히 있어 왔다. 특히 모험을 즐기는 강호인들이 그랬
다.

그 이유는 또 하나의 오랜 풍문 때문이었다.

바로 대원시림의 깊은 골짜기마다 자리한 크고 작은 동
혈(洞穴)에 전대 기인들의 안배가 숨겨져 있으며, 심지어
강호에서 사라진 몇몇 신병이기(神兵利器)도 그 어딘가
에 있다는.

하나 말 그대로 풍문은 풍문일 따름이었다. 사실로 확
인된 바는 없었다. 아직까지 그곳에서 기연이나 신병이기
를 얻어 고수가 된 사람은 나오지 않았으니까.

신비괴림에 대해 전설 같은 말들이 난무하지만, 어디까
지가 진실이고 또 거짓인지는 직접 가 봐야 알 수 있을
것이다.

천공이 신형을 일으키며 그를 안심시켰다.

"만약 죽을 것 같다 싶으면 잽싸게 도망쳐 나올 테니 너무 걱정 마라."

덩달아 자리를 털고 일어난 천중이 동굴 밖으로 나와 기지개를 쭉 켜며 말했다.

"웃차! 절강성은 너무 멀어서 힘들고, 안휘성 내의 구화산(九華山) 부근까진 동행해 주마."

"뭐……?"

뒤따라 나온 천공이 놀라 두 눈을 치켜떴다.

천중은 굵은 엄지손가락을 세워 보이며 씩 웃었다.

"뭐긴. 오늘 같은 일 또 당하지 않게 호위해 주겠다, 이 뜻이지."

"하지만 밖을 나와 있는 시간이 길어질수록 징벌 기간도 늘어나게 될 텐데……."

"인마, 그러니까 딱 구화산까지만 바래다준다고. 그 이상은 나도 무리야. 관도로 올라 쭉 따라가면 그리 오래는 안 걸려."

천마존으로선 전혀 달갑지 않은 소리였다.

[망할……. 거머리 같은 땡추로군! 천공, 너무 좋아하지 마라. 어차피 네놈은 저 땡추가 떠나고 나면 다시 본 좌에게 기댈 수밖에 없는 처지다!]

천공은 말없이 웃으며 걸음을 옮겼다.

칠 일 후, 천공과 천중은 구화산 부근의 청양현(靑陽縣)에 도착했다.

천공은 저잣거리에 위치한 객잔 뒷마당에 말을 묶어 놓고 천중의 곁으로 가 인사를 건넸다.

"여기까지 와 줘서 정말 고맙다."

천중과 함께한 짧은 나날은 꽤 즐거웠다. 모처럼 마음의 평안을 되찾은 시간이었다. 갈 길이 바쁜 와중에도 여유를 가질 수 있어 새삼 그의 존재가 감사하게 다가왔다.

천중이 고삐를 당겨 쥐며 입맛을 다셨다.

"쩝, 난 돌아가는 길에 장이나 들러야겠다. 긴 시간 참회동에 갇힐 게 빤한데, 이 기회에 술이나 실컷 먹어 둬야지."

그러더니 주머니 하나를 툭 던졌다.

천공은 엉겁결에 그것을 받아 들었다. 열어 보니 제법 묵직한 돈과 전표 열 장이 들어 있었다.

"널 만나러 오기 전, 갑부로 유명한 속가제자 집에 들러 이런저런 말로 꼬드겨 얻었어. 뭐, 그 정도면 최소 이삼 년은 걱정 없을 거야."

끝까지 고마운 짓만 하는 녀석이다. 생긴 건 꼭 불량한 산적 같은데.

빙그레 웃은 천공이 작별을 고했다.

"잘 가라."

"거듭 당부하지만, 조심해. 그럼 난 이만 간다."

또각또각.

말이 채 몇 걸음을 옮기지 않았을 때, 천중이 고개를 획 돌렸다.

"천공!"

그 외침이 객잔으로 향하던 천공의 발걸음을 붙들었다.

천중은 애써 불러 놓고 아무런 말이 없다가 이윽고 조용한 목소리로 물었다.

"우리가 처음 비무(比武)했을 때, 기억하지?"

일화의 입회하에 진행된 비공개 비무. 벌써 팔 년도 더 지난 일이다.

"기억하고말고."

"내가 몇 초 만에 패했는지도?"

"아마…… 십팔 초였지."

"봐주지 않고 전력으로 상대해 줘서 고마웠다. 덕분에 부족함을 깨닫고 더 열심히 수련에 임할 수 있었거든."

"그 비무가 없었더라도 넌 분명 십팔나한이 됐을 거

다."

"그때 지고 나서 이런 생각을 했지. 아, 이 자식은 장차 소림사를 가히 하늘의 자리로 올려놓을 만큼 무시무시한 재능을 가졌구나. 장차 내가 친구란 이름에 걸맞게 그 길을 따라가려면, 조금이라도 보탬이 되려면…… 어떻게든 성장해야 되겠구나. 뭐, 그런 생각들."

그런 천중이 합장을 하며 다시 말을 이었다.

"넌 내 친구이자 마음속의 영원한 우상이야."

"……"

"잊지 마, 넌 언제까지나 본사의 제자란 것을. 네가 없는 소림사는 단 한 번도 상상해 본 적 없어."

천공은 가슴속으로부터 뜨거운 무엇이 치미는 것을 느꼈다.

"천중……."

"지금의 역경을 딛고 반드시 돌아와라."

주먹을 꽉 움킨 천공이 조용히 목소리를 흘렸다.

"그래. 반드시……."

"훗. 이거, 잡소리가 길었네. 모쪼록 무운을 빌어 주마. 이랴!"

그렇게 천중은 말을 몰아 길 저편으로 향했다.

먼지를 머금은 바람이 말발굽 소리를 빠르게 덮어 갔다.

천마존이 꼴사납다느니 낯간지럽다느니 뭐라 뭐라 지껄였지만, 천공은 신경을 끈 채 한참 동안 그 자리에 우두커니 서 있었다.

짧은 이별 인사. 하지만 그 여운은 길었다.

3장
갈응문(褐鷹門)

하남성은 도처에 무림 문파들이 산재해 있는 것으로 유명한 지역이다.

이곳의 수많은 문파들 중 으뜸은 단연 숭산(嵩山) 소실봉(少室峯)에 자리한 강호의 태산북두 소림사였다. 그 소림사의 존재로 인해 하남성 북부는 정파를 지향하는 무문들이 득세했다.

반면, 하남성 남부는 사파에 속한 무문들이 차지하고 있었다. 그중 가장 대단한 위세를 떨치는 세력이 바로 '검귀의 집'이라 불리는 귀검성이었다.

큰 도시인 서평(西平)에서 남서로 이십여 리 떨어진 광대한 평야에 뿌리를 박고 있는 웅장한 성채(城砦). 그 성문 위에 걸린 커다란 현판엔 귀검성이란 세 글자가 화려한 필체로 음각되어 있었다.

성내 중심부의 대청에서 성난 일갈(一喝)이 터져 나왔다.

"무어라!"

상석에 자리한 오십 대 검수가 서릿발 치는 눈빛으로 수염을 부들부들 떨었다. 매섭고 준엄한 기도를 가진 그는 다름 아닌 귀검성주 신검귀(神劍鬼) 구예(具銳)였다.

상석의 좌우로는 수뇌부가 도열해 섰고, 가운데 바닥엔 흑심단 소속 검수 한 명이 부복해 있었다.

구예가 날카로운 어조로 그 검수를 향해 물었다.

"시신들은?"

"지하실에 안치해 놓았습니다."

"모조리 화장(火葬)하라!"

"예."

검수가 물러간 직후, 구예의 눈이 좌우에 자리한 수뇌부를 훑었다. 그러다가 왼쪽 끝에 선 붉은 의복의 이십 대 여검수에게 시선을 고정시켰다.

"희연(姬娟)! 임무를 부여하마."

구예의 부름에 여검수가 한 발 앞으로 나서며 부복했다.

"하명하십시오."

"음강을 죽인 인물의 행방을 추적해라. 수단과 방법을 가리지 말고. 못 찾으면…… 네가 죽는다."

"알겠습니다."

대답을 마친 그녀는 빠르게 대청 밖으로 사라졌다.

단희연(段姬娟)은 귀검성을 나와 인근 마을에서 하루를 묵은 뒤 외곽지의 울창한 숲으로 향했다.

금년 스물세 살의 그녀는 귀검성 십대고수, 아니, 음강이 빠진 구대고수 중 유일한 여인으로, 나이가 가장 어렸다. 하지만 일찍부터 검술에 대한 공부가 남달라 일신의 무위가 연배 높은 고수들을 제치고 상위에 속할 정도로 출중했다.

구예가 특별히 지목해 임무를 준 것도 그 실력을 높이 산 까닭일지 몰랐다.

하나 정작 명을 받은 단희연의 생각은 달랐다.

'지긋지긋해. 언제까지 이런 일만 맡길 생각인 거지? 이번 임무는 마땅히 흑심단 부단주가 맡아야 하는 거잖아!'

그녀는 자신을 파벌의 희생양이라고 여겼다.

실지 돌아가는 사정이 그랬다.

귀검성의 요직이란 요직은 전부 사내들 차지였다. 실력이 뛰어난 여검수들도 많았지만, 늘 사내들 텃세에 밀려 배척당했다.

그나마 잘 풀린 경우가 단희연이랄까.

물론 그녀 역시도 가진바 실력에 비하면 결코 좋은 대우를 받는 게 아니었다. 구대고수라면 의당 하나씩 거느리고 있는 검단(劍團)조차 없었으니까.

몇 해 전, 구색을 맞춘답시고 어중이떠중이로 구성된 소검대(小劍隊)를 떠안겨 줬지만, 누가 보더라도 명백히 남녀 파벌에서 비롯된 차별이었다.

단희연은 눈살을 찌푸리며 낮게 투덜거렸다.

"못 찾으면 죽이겠다니, 이래서야 어디 충성할 맘이 생기겠어? 어차피 충성심 따윈 사라진 지 오래지만……."

그녀의 얼굴은 무척이나 곱고 예뻤다.

첫눈에 도발적으로 담겨 드는 화려한 미색은 아니지만, 보면 볼수록 묘한 아름다움을 풍기는 귀한 상(相).

그런 미모 때문에 예전부터 성내 많은 사내들이 추파를 던지는 일이 잦았다. 하지만 그녀 자신은 늘 차가운 태도로 일관했다. 경쟁과 차별 속에서 이리 치이고 저리 치이다 보니 그들 전부가 밉살스럽게 느껴졌기 때문이다.

단희연은 제 손에 들린 보따리를 보며 냉소했다.

'흥, 본 성의 위세에 기대 만날 나쁜 짓만 일삼다가 기어이 천벌을 받은 거지.'

거기엔 검붉은 핏자국이 얼룩진 음강의 무복이 들어 있었다.

평소 음강이 일대 사창가 포주들과 거래하고 있었다는 건 공공연한 비밀이었다. 단지 음강뿐이 아니라 일부 고수들도 그에 동조해 뒷돈을 만졌다.

사실 구예는 그것을 알고도 여태껏 묵인했다. 그들이 벌어다 주는 부가 수입이 꽤나 짭짤했기에. 그러다가 결국 명색이 성내 십대고수라는 음강이 한 이름 모를 인물에게 잘못 걸려 이 사단이 나고 말았다.

이윽고 단희연의 신형이 한 가옥 앞에 이르러 우뚝 멈췄다. 인적이라곤 없는 숲 속 깊은 곳에 자리한 가옥은 왠지 모르게 을씨년스러운 기운을 풍겼다.

대문을 두드리자 곧 깡마른 체구의 육순 노인이 나와 인사했다.

"냉옥검녀(冷玉劍女)께서 이 누추한 곳까지 어인 일로 오셨습니까?"

웃어른을 대하듯 더없이 깍듯한 예우였다.

"뭣 때문이겠어요?"

단희연의 냉랭한 반문에 노인이 히죽 미소를 그렸다.

'언제 봐도 기분 나빠, 저 웃음은.'

"일단 안으로 드시지요."

노인을 따라 안으로 발을 들이자 뭐라 형언하기 힘든 비린 냄새가 코끝을 찔러 왔다.

앞마당엔 십여 마리의 개들이 여기저기 엎드려 있었다. 여느 개들과 달리 덩치가 몹시 크고 눈동자가 적색(赤色)을 띠었는데, 희한하게 낯선 사람을 봐도 짖는 법이 없었다.

"저 귀견(鬼犬)들은 여전하군요."

"후훗, 귀검성에 계신 분들은 제 귀중한 고객인데 함부로 짖어서야 쓰겠습니까?"

장방형의 내실로 들어선 단희연은 자리에 앉기가 무섭게 한 장의 초상화를 꺼내 보였다.

"이 남자를 찾고 있어요."

그러곤 자초지종을 간략하게 설명했다.

"추적에 쓰일 물품은 가지고 오셨습니까?"

노인의 물음에 그녀는 즉각 보따리를 풀었다.

피로 얼룩진 무복들을 살피던 노인이 다시 물었다.

"이자가 사라진 지 얼마나 되었습니까?"

"보름."

"쓰읍, 보름이라……."

"왜, 문제 있나요?"

"문제가 있을 수도 있고, 없을 수도 있습니다."

애매모호한 말투에 단희연이 엄엄한 눈빛을 발했다.

"알아들을 수 있게 말해요."

노인은 두 눈을 가늘게 뜨며 나지막이 일렀다.

"아시다시피 귀견의 추적 능력은 타의 추종을 불허합니다. 보통의 개들은 제아무리 후각이 뛰어나다 하더라도 오 일 이상 지난 냄새까진 정확히 탐지하기 힘든데, 귀견은 그와 다르지요. 열흘 가까이 지난 냄새도 추적이 가능합니다. 하나…… 보름은 여태껏 시도해 본 적이 없습니다. 그 때문에 문제가 있을 수도 있고, 없을 수도 있다고 말씀드린 것입니다."

단희연은 삼백 냥이 든 두루주머니를 탁자에 올리며 말했다.

"무조건 찾아야 해요. 성주님께서 직접 수단과 방법을 가리지 말라고 하셨으니 돈은 얼마가 들어도 상관없어요."

"그렇다면 백오십 냥만 더 주십시오. 제가 확실한 방도를 찾아보겠습니다. 후후훗……."

노인의 음흉한 소성에 단희연은 분한 듯 입술을 지그시 깨물었다.

'칫! 이제 보니 돈을 더 뜯어내려는 수작이었군.'

"냉옥검녀께선 너무 불쾌해 마십시오. 저도 먹고살자고 하는 짓이다 보니 흥정을 안 할 수가 없었습니다."

"전표도 되나요?"

"죄송합니다. 오직 현금만 취급하고 있습니다."

"흥……."

단희연은 싸늘한 표정으로 요대에 걸려 있던 두루주머니를 끌러 던지며 말했다.

"자, 이백 냥이에요."

"아이고, 오십 냥이나 더 얹어 주시다니, 이런 감개무량할 데가…… 한데 동행은 몇 분이십니까?"

"나뿐이에요."

"예?"

"성가시게 여러 명 대동할 필요 있나요? 어차피 휘하에 마땅히 뽑아 쓸 만한 사람도 없는데."

"그자를 죽이러 가시는 길이 아니었습니까?"

"행방을 찾아 전서로 보고하면 돼요. 나머지는 그 잘난 사내들이 알아서 하겠죠."

"후후훗, 아쉽군요. 모처럼 귀견들에게 사람 고기 좀 먹이나 싶었더니. 참, 출발은 언제입니까?"

"술시(戌時 : 오후 7시~9시)까지 모든 채비를 마치고 마을 어귀에 있는 큰 바위 앞으로 나와요."

"알겠습니다. 너무 심려치 마십시오. 이 귀견옹(鬼犬翁)의 명성을 걸고 반드시 그자를 찾아내 보이겠습니다."

                    *   *   *

오월의 햇살이 성큼 다가온 여름을 느끼게 만들었다.

절강성 중부 포강현(浦江縣)에 도착한 천공은 웃옷을 한 겹 벗으며 인파가 북적대는 저잣거리로 들어섰다. 이 지방 특유의 무덥고 습한 바람에 사람들 온기까지 더해지자 등이 금세 땀으로 젖었다.

그는 널따란 사거리에 위치한 반점으로 가 일층 한구석에 조용히 자리했다.

[항주(杭州)가 그렇게 좋다던데, 한 번 가 볼 생각은 없느냐?]

"같잖은 소리 그만하시지."

[제기랄! 네놈처럼 재미없게 사는 종자도 드물 거다.]

"그러게 백 살 넘도록 항주도 안 가 보고 뭐 했어? 네 자신을 탓해."

[망할 새끼, 본 교에서 중원까지 나오기가 그리 쉬운 일인 줄 아느냐?]

"그런 자가 본사엔 잘도 쳐들어왔군."

[크크크. 아, 그땐 참 재미있었지. 현담인지 뭔지 하는 늙은 땡추의 실력이 궁금해서 가 봤는데, 막상 만나 보니 별것 없었어. 오십여 초도 못 버티고 뒈졌으니까.]

천공은 그가 사조(師祖)의 죽음을 들먹이자 발끈해 그대로 되돌려 주었다.

"나도 그랬다. 천마존이란 늙은 마귀가 대체 어떤 물건이기에 다들 두려워하나 궁금했는데, 막상 싸워 보니 별것 없었지. 듣자 하니 꼴사납게 자폭하고 죽은 뒤 귀신이 되어 남의 몸뚱이에 기생하고 있다더군."

[갈! 그 건방진 주둥이, 언젠가 꼭 찢어 버릴 테다!]

"내 몸을 차지하고 나서 제일 먼저 하고 싶은 일이 고작 입을 찢는 건가? 그렇게 자해를 하고 싶나?"

[크윽……!]

천마존은 자꾸 말발로 눌리자 분통이 터졌다.

그때, 점소이가 주문서를 들고 가까이로 왔다.

"손님, 뭘 드릴까요? 저희 반점은 특별히 소흥주(紹興酒)가 맛이 좋기로 유명합니다."

"추천은 감사하나 제가 술을 못합니다. 시원한 국수나 한 그릇 말아 주십시오."

천공의 말에 점소이는 기분이 좋아졌다. 이토록 공손하

게 응대하는 손님은 간만이었으니까.

"예, 알겠습니다! 한데 여행을 오셨습니까?"

"절강성에 구경할 곳이 많아 천천히 유랑 중입니다."

"예서 동남쪽으로 네댓새만 더 가시면 그 유명한 안탕산이 나옵니다. 제가 감히 장담하건대, 안탕산은 한마디로 산 전체가 거대한 산수화랍니다. 봉우리, 바위, 계곡, 호수 등등 어느 곳 하나 환상만태가 아닌 곳이 없지요."

"하하, 안 그래도 그곳을 향하는 중입니다."

"과연 그러셨군요. 혹시나 해서 말씀드리지만, 안탕산 북역으론 절대 가시면 안 됩니다. 흔히 신비괴림이라 불리는데, 아주 위험천만한 곳입니다."

듣고 있던 천마존이 투덜댔다.

[젠장, 닥쳐! 이놈의 목적지가 바로 거기라고!]

피식 웃은 천공이 점소이를 향해 고개를 끄덕였다.

"명심하지요."

잠시 후, 식사를 끝낸 천공은 일어설 준비를 했다. 그런데 그때, 멀리 반대편에 자리한 무리가 눈에 띄었다.

건장한 체격의 그 패거리는 양팔을 훤히 드러낸 차림이었는데, 왼쪽 어깨에 하나같이 '갈응(褐鷹)'이란 글자가 문신으로 새겨져 있었다. 아마도 이곳에 있는 문파의 무인들인 듯싶었다. 그들은 뭐가 그리 신나는지 술판을 벌인 채 쌍소리를 해 대며 시끄럽게 웃고 떠들었다.

천공은 그 모습을 보며 눈살을 찌푸렸다. 불량한 말씨로 보아 정파 소속의 무인은 아닌 것 같았다.

[크큭, 왜? 가서 떠들지 말라고 충고하고 싶으냐? 본좌가 힘을 좀 빌려 주랴?]

"홋, 틈만 나면 몸을 다루고 싶어 안달이군. 흑선을 만나기 전에 내 미완의 심법을 깨뜨리고 싶은데, 그게 마음대로 잘 안 되니 초조한가?"

정곡을 찔린 천마존은 이를 갈았다.

[놈! 기고만장하지 마라. 흑선을 만나기 전, 반드시 매운맛 좀 보게 만들어 줄 테니까!]

"기대하지."

천공이 그렇게 반점을 나간 직후, 이층 구석에서 조용히 술을 기울이고 있던 삼십 대 사내가 죽립을 눌러쓰며 자리를 털고 일어났다.

찰나지간 문신을 새긴 장한 패거리의 대화 주제가 새외무림으로 바뀌었다. 그들은 하루아침에 사라져 버린 천마교를 시작으로 육대마가 등을 거론하며 저마다 낄낄 웃었다.

일층으로 온 죽립사내가 가만히 그들 곁으로 가 목소리를 발했다.

"방금 뭐라 했나?"

장한 패거리의 시선이 일제히 한곳으로 모아졌다.

"시벌, 이건 뭐야?"

장한 한 명이 눈을 희번덕거리자 죽립사내의 손이 불가해한 속도로 빠르게 움직였다.

타탓!

예의 장한은 아혈(啞穴)을 점혈당해 입을 움직이지 못했다. 그야말로 순식간에 벌어진 일이었다.

"이 새끼가……!"

장한 패거리가 우르르 일어서려는 순간, 엄청난 무형지기가 그들의 어깨를 짓눌러 꼼짝달싹 못하게 만들었다.

'고, 고수다!'

죽립사내는 아혈을 짚인 사내의 귀에다 대고 들릴 듯 말 듯 속삭였다.

"육대마가의 이름을 그 더러운 입에 함부로 담아선 안 되지."

무형지기가 갈수록 짙어지자 장한 패거리는 숨이 턱 막혔다. 마치 체내로 뭐라 설명하기 힘든 암울한 기운이 스며들어 심장을 죄는 것 같은 느낌이었다. 그중 한 명은 압박감을 못 이겨 허연 게거품마저 물었다.

그 광경을 본 다른 자리의 사람들은 괜히 피해를 입을

까 봐 썰물 빠지듯 허둥지둥 반점 밖으로 사라졌다. 왁자지껄하던 반점은 언제 그랬냐는 듯 정적 속에 가라앉았다.

"후후……."

비릿한 조소를 흘린 죽립사내가 이내 기운을 갈무리하자 장한 패거리는 저마다 숨을 가쁘게 몰아쉬며 두려움에 몸을 부들부들 떨었다.

죽립사내가 아혈을 풀어주며 말했다.

"문신으로 보아 모두 갈응문(褐鷹門) 소속일 터."

한 명이 겁에 질린 표정으로 고개를 끄덕거리며 대답했다.

"그, 그렇소."

"갈응문이 이곳 포강 일대 전부를 관리하나?"

"십여 개의 군소 문파가 일부 상권을 잡고 있지만…… 대부분 본 문이 관리하오. 그 군소 문파도 사실상 본 문 산하라 할 수 있소."

죽립사내는 옷깃을 세우며 읊조리듯 중얼거렸다.

"배신자 주제에 제법 세를 누리며 살고 있군."

그러곤 갈응문 무인들을 향해 명령조로 말했다.

"너희 문주를 만나러 왔다. 안내해라."

'문주님을……?'

갈응문 무인들은 서로 힐금힐금 눈치를 보다가 의자에
서 엉덩이를 뗐다.

바로 그때.

우웅.

느닷없이 미약한 진동 소리가 울렸다.

흠칫한 죽립사내는 황급히 자신의 품속에서 뭔가를 꺼
냈다.

호두 알만 한 크기의 붉고 투명한 구슬.

범상치 않아 보이는 그 구슬은 작은 떨림과 함께 검은
아지랑이를 내뿜고 있었다.

'그가 이곳에……?'

안광을 번뜩인 죽립사내는 신속히 반점 밖으로 나가 거
리의 행인들을 살폈다. 그사이 예의 구슬이 검은 아지랑
이를 사그라뜨리며 떨림을 뚝 그쳤다.

'분명 지척에 있다가 사라졌다!'

내력으로 기감을 돋워 좌우를 둘러봤지만, 특별히 눈에
띄는 인물은 없었다.

'가만, 이 마령옥(魔靈玉)은 힘이 불안정해 간혹 시간
차를 두고 반응을 보일 수도 있다고 들었다. 그렇다
면…….'

눈을 지그시 감은 죽립사내는 반점에 자리해 있다가 나

간 사람들을 역순으로 하나둘씩 상기했다. 그는 꽤 대단한 기억력을 지니고 있었다.

그렇게 기억을 더듬던 중 천공의 뒷모습을 떠올렸을 때, 두 눈을 번쩍 떴다.

'그래! 그자가…… 천마존이구나!'

자신의 예민한 육감을 슬쩍 건드리고 사라진 그 남자.

왠지 모르게 인상 깊은 뒷모습이었다. 이층에 앉아 있어 미처 그 얼굴까진 보지 못했다.

'갈응문에 볼일만 없었다면 그 육감을 그냥 흘려버리진 않았을 터인데…….'

죽립사내는 자못 아쉬운 표정을 지으며 다시 반점으로 발을 들였다. 그런데 갈응문 무인들이 사라지고 없었다.

"저, 저쪽……."

점소이가 두려운 듯 몸을 떨며 손가락으로 주방 쪽을 가리켰다. 아마도 주방의 뒷문을 통해 내뺀 모양이었다.

"후후후, 내가 이래서…… 중원의 쓰레기들을 싫어하는 것이야."

*   *   *

천공은 시장을 돌며 신비괴림으로의 여정을 대비한 물

품들을 골랐다. 이곳 포강현을 벗어나서부터는 도시나 마을에 머물지 않고 곧장 목적지로 향할 생각이라 그에 필요한 것들을 빠짐없이 챙겼다.

장보기를 마친 그는 곧장 마구간에 들러 새 말을 구입해 짐을 실어 놓고 서둘러 전장이 밀집한 거리로 향했다. 지난날 천중에게서 받은 돈을 맡겨 놓기 위함이었다.

포강현엔 전국 규모의 큰 전장들 중 하나인 금룡전장(金龍錢莊) 지점이 자리해 있었다. 그곳에 입금해 두면 차후 어디를 가더라도 쉽게 빼 쓸 수 있어 유용할 것이다.

이윽고 금룡전장 지점 앞에 거의 다다랐을 때다.

천공은 별안간 날렵한 동작으로 자신의 허리춤에 닿은 낯선 손을 덥석 움켰다.

"아얏!"

뾰족한 외침을 발하는 조그마한 아이. 이제 겨우 열 살밖에 안 된 듯한 소녀였다.

'엇!'

천공이 되레 놀라 손아귀의 힘을 살짝 거두었다.

어린 소녀는 남루한 행색에 며칠간 밥도 제대로 못 먹은 듯 눈이 퀭해 금방이라도 쓰러질 것만 같았다.

그는 얼른 무릎을 꿇고 앉아 소녀와 눈높이를 맞추며

조용히 타일렀다.

"꼬마야, 남의 돈을 훔치는 건 아주 나쁜 짓이란다. 그러면 못써."

"아저씨, 죄송해요! 다시는 안 그럴게요! 제발 한 번만 봐 주세요!"

잔뜩 겁먹은 소녀가 울먹이며 용서를 빌었다.

그 모습이 너무 안쓰러운 천공은 부드러운 목소리로 물었다.

"혹시 이러라고 누가 시키더냐?"

"아니에요! 절대 그런 것 아니에요! 우리 집이 못살아서, 그래서…… 제발 한 번만 봐주세요! 네? 네?"

소녀는 벌겋게 달아오른 얼굴로 거듭 애원했다.

그때, 천마존이 전성을 툭 던졌다.

[큭! 빤하다. 이곳 무뢰한들이 갈 곳 없는 아이들을 모아 날치기를 가르친 게지.]

번화가라 행인들로 북적거렸지만, 어느 누구도 그 상황에 관심을 기울이는 이가 없었다. 어린애가 어쩌다가 이 지경이 되었는지 궁금하지도 않는 모양이었다. 다들 신경 쓰기 귀찮다는 듯 모른 척 지나가기 바빴다.

'세상인심이 이토록 각박해서야.'

천공은 씁쓸함을 느끼며 소녀를 안심시켰다.

"아무 짓도 안 할 테니 그리 겁먹지 마라. 보아하니 오래 굶은 것 같은데……."

그는 순간 말문이 멎었다.

검붉은 자국들.

이제 보니 소녀의 여린 손목과 팔에 여러 개의 멍이 들어 있던 것이다.

낯빛을 굳힌 천공이 나지막이 물었다.

"이것들이 다 무어냐?"

"아, 싸…… 싸웠어요, 동네 애들이랑."

"아저씨 눈을 봐라. 정말이냐?"

그러자 소녀는 눈을 못 마주치며 기어 들어가는 목소리로 대답했다.

"……네, 정말이에요."

천공은 조용히 한숨을 쉬었다. 다른 사람 눈은 속일 수 있어도 이제껏 무공을 익히며 온갖 부상을 입어 본 자신의 눈을 속일 수는 없었다. 그것은 분명 몽둥이질과 주먹질에 의해 생긴 멍이었다.

그는 주변의 눈을 피해 소녀를 한쪽 구석으로 조용히 데려가 몸 상태를 살피려 했다. 그 순간, 웬 목소리가 귓전에 와 닿았다.

"무슨 일입니까? 그 아이가 돈을 훔치려 했습니까?"

천공이 고개를 돌리자 말쑥한 옷차림의 삼십 대 사내가 곁으로 다가왔다. 그 사내는 천공과 소녀의 얼굴을 번갈아 보더니 곧 안타깝다는 듯 혀를 차며 말했다.

"소청(小靑)아, 매번 어찌 그러느냐?"

"이 아이를 잘 아십니까?"

천공의 물음에 사내가 고개를 끄덕거렸다.

"알다마다요. 제가 관심을 가지고 보살피는 아이들 중 한 명입니다."

"뭔가 사연이 있는 모양이군요."

"예. 사실 청아는 일찍 아버지를 여의고 홀어머니 슬하에서 어렵게 자랐습니다. 한데 그 모친께서 일 년 전 큰 병을 얻어 아직까지 거동을 제대로 못하십니다. 어린 청아가 길거리로 나와 날치기를 시작하게 된 것도 그 때문이지요. 가여운 것……. 여하간 제가 대신 사과드릴 테니 부디 너그러이 봐주십시오."

그제야 사정을 알게 된 천공이 안타까운 목소리로 물었다.

"이웃들 도움은 전혀 받지 못하는 상황입니까?"

"저를 포함한 상인회에서 십시일반으로 쪼끔씩 보태 돕고는 있는데, 솔직히 그것만으론 부족하지요. 실은 청아처럼 어려운 환경에 처한 아이들이 꽤 많습니다. 그래서 한 집, 한 집 돌아가는 돈이 적을 수밖에 없답니다."

"팔에 든 멍 자국들은…… 혹 이 마을의 무뢰배 소행이 아닙니까?"

천공의 물음에 사내가 화들짝 놀라 소청의 몸을 두루 살피더니 침중한 얼굴로 입을 열었다.

"배가 고파 먹을 것을 훔치다가 두드려 맞은 모양입니다. 청아, 그런 것이냐? 아니면 진짜 무뢰한들 짓이냐?"

"마…… 만두를 훔치다가……."

사내가 그런 소청의 머리를 쓰다듬으며 천공을 보았다.

"이곳은 관아에서 아주 엄정하게 관리하고 있어 상당히 깨끗한 곳입니다. 만약 뒷골목 무뢰배 소행이었다면 본 상인회가 벌써 들고일어났지요."

그 소리에 천공도 조금은 마음이 놓였다. 하지만 쓴소리를 잊지 않았다.

"아무리 물건을 훔쳤기로서니 아직 옳고 그름에 대한 기준도 잘 알지 못할 어린아이를 이렇듯 무식하게 패는 사람이 어디 있단 말입니까? 그 또한 무뢰배와 다를 바 없지 않습니까. 부디 상인회가 대신 나서서 따끔하게 충고해 주기를 바랍니다."

그러자 사내가 고개를 깊이 숙이며 정중하게 화답했다.

"물론입니다. 제가 본 이상 절대 그냥 넘어갈 수 없지요. 벌써 몇 번이나 경고를 했는데…… 조만간 상인회 사람들과 논의해 특단의 조치를 취해야겠습니다."

"꼭 좀 부탁합니다."

천공은 그 말과 함께 소청의 고사리 같은 두 손을 감싸 쥐며 따뜻한 미소를 보냈다. 그러곤 이내 사내에게 물었다.

"밥이라도 한 끼 사 먹이고 싶은데, 괜찮겠지요?"

"허허허, 당연히 괜찮지요. 제가 다 고맙습니다. 참, 소개가 늦었군요. 저는 저 건너편에 보이는 포목점 주인 이욱(李勖)입니다. 나중에 저기로 청아를 데려와 주십시오."

천공은 알겠다고 말한 후 소청의 손을 이끌고 가까운 반점으로 들어섰다.

"먹고 싶은 게 있으면 마음껏 시켜라."

소청은 우물쭈물하며 쉽사리 입을 떼지 못했다.

결국 천공이 대신 점소이에게 주문을 했고, 곧 식탁 위에 푸짐한 음식이 올려졌다.

천공은 계속 눈치를 보는 소청을 향해 음식을 한입 떠 먹인 다음 젓가락을 쥐여 주었다. 그제야 소청도 마음을 열고 허겁지겁 젓가락질을 시작했다.

'이 어린것이 대체 얼마나 굶었으면……'

턱을 괸 천공은 그런 소청의 모습을 바라보며 깊은 연민에 빠졌다.

천마존이 문득 전성을 발했다.

[갈 길 바쁘다던 놈이 오지랖은……. 그나저나 고 계집애 참 맛있게도 먹는군. 크큭, 얼굴도 제법 귀여운 게, 나중에 크면 사내놈 여럿 울리겠어.]

그 소리에 천공은 보일 듯 말 듯 웃었다.

'훗, 너도 사람은 사람이군.'

소청이 어느 정도 배가 불렀을 즈음, 말문을 열었다.

"아저씨처럼 착한 어른은 처음 봤어요."

"그러냐?"

"네. 엄마 빼고 다른 어른들은 거의 다 나쁜 사람밖에 없었어요. 만날 욕하고 때리기만 했어요."

"앞으로 두 번 다시 그런 일 없도록 이욱 아저씨가 나서 주실 테니까 너무 걱정하지 말거라."

그 말에 소청의 표정이 시무룩해졌다.

"……네."

그러다가 이내 환하게 웃으며 물었다.

"아저씨! 우리 집에서 놀다 가시면 안 돼요?"

양쪽 볼에 깊게 패는 볼우물이 그렇게 귀여울 수가 없었다.

"미안하구나. 마음이야 그러고 싶다만, 이제 곧 떠나야 한단다. 급히 가 봐야 할 곳이 있거든."

소청은 다시 우울한 표정으로 입술을 삐죽 내밀었다.

"대신 아저씨가 도와주는 김에 확실히 도와주고 가마. 당분간 굶는 걱정은 안 해도 되게끔."

"정말요?"

"자, 마저 먹어라."

잠시 후, 소청과 함께 거리로 나온 천공은 곧바로 이욱의 포목점으로 향했다.

그는 그곳에서 소청에게 새 옷과 신발을 사 주고 이욱과 짧은 대화를 나눈 뒤 전표 다섯 장을 건넸다.

"이, 이게 다 무엇입니까?"

전표에 적힌 금액을 확인한 이욱이 화들짝 놀랐다.

"절반은 청아를 위해, 나머지 절반은 다른 아이들을 위해 써 주십시오. 그리고 청아는 꼭 서당에 보내기 바랍니다."

"아아! 각박한 세상에 아직도 이렇게 좋은 분이 계시다니……. 이 돈이면 아이들 전부 일 년 동안 끼니 걱정은 안 해도 될 것입니다!"

이욱은 감격한 듯 거듭 절을 올렸다. 그에 천공은 민망하다며 그를 만류한 후, 새 옷으로 깨끗이 단장한 소청에게 당부의 말을 남겼다.

"열심히 공부해서 훌륭한 사람이 되어야 한다."

소청은 기어이 눈물을 터뜨렸다. 헤어지기 싫다는 듯 바짓가랑이를 붙잡고 떼를 썼다.

제발 가지 마세요, 아저씨.

울음 섞인 그 한마디에 천공은 저도 모르게 울컥했다.

사람의 정이 그립던 아이의 설움이 가슴에 화살처럼 박혀 들었다.

천공은 그런 소청을 좋은 말로 겨우겨우 달랜 후 무거운 발길을 이끌고 포목점을 나섰다. 그러고는 조용히 맘속으로 말했다.

'고통스러운 나날을 이겨 내면 반드시 행복이 찾아올 것이다, 청아.'

문밖에 선 소청은 눈물방울이 맺힌 눈으로 천공이 거리 저편으로 사라질 때까지 그 뒷모습을 바라보았다.

별안간 이욱이 입꼬리를 씰룩 올리며 웃었다.

"후후훗, 저런 병신을 봤나. 이게 다 얼마야? 뜻밖의 수확인걸."

그러더니 우악스럽게 소청의 머리카락을 움키고 안으로 질질 끌고 들어와 뒤쪽 골방에다 패대기쳤다.

"이 쌍것이 어디서 울고 지랄이야! 앙?"

이욱의 성난 발길질에 배를 걷어차인 소청은 음식물을
다 토하며 번데기처럼 몸을 웅크렸다.

"어제 맞은 게 덜 아팠냐, 이 개년아!"

그는 씩씩거리며 웃통을 훌러덩 벗었다. 그러자 왼쪽
어깨에 박힌 두 글자 문신이 드러났다.

갈응.

"네 엄마라는 년이 우리한테 진 빚이 얼마인 줄이나 알
아! 앙? 그년 대신 돈 갚으라고 밥 처먹이며 일 가르쳐
놓았더니, 그것 하나도 제대로 못해?"

윽박질과 동시에 매서운 손찌검이 시작됐다.

"네년! 어제오늘 이틀 연달아 실패했지? 그런 어리숙
한 서생 새끼 돈주머니 하나도 못 훔치고 붙잡히는 주제
에 무슨 어미 빚을 갚겠다는 거야! 뒈져, 뒈져 버려!"

퍽! 퍼퍽, 퍽—! 퍼억!

둔탁한 소리와 함께 소청의 가냘픈 몸이 골방 바닥을
이리저리 나뒹굴었다. 눈물, 콧물, 핏물이 범벅된 얼굴로
울며불며 사정했지만, 그럴수록 이욱의 손길은 더욱 거세
졌다.

"새 옷 걸치고 있으니까 네가 진짜 새로 태어난 것 같

아? 이 벌레 같은 년! 당장 벗어!"

순식간에 북북 찢어 발겨진 옷.

소청의 몸은 온통 피와 멍으로 얼룩져 차마 눈뜨고 볼
수 없을 지경이었다. 심지어 예전의 멍이 아물기도 전에
그 위로 새로 멍이 든 데도 있었다.

이욱은 그것을 보고도 아무런 죄책감을 느끼지 않았다.
아니, 오히려 더 신이 나 소청을 마구 구타했다. 그렇게
소청의 애처로운 비명이 골방에 가득 메아리쳤다.

"네 주제를 확실히 알게 해 주마. 후우, 후우……!"

그는 잠시 숨을 고르며 쉬다가 다시 소청의 멱살을 잡
고 좌우 뺨을 사정없이 휘갈기곤 먼 쪽 바닥에 가래침을
카악! 뱉었다.

"가서 핥아 먹어. 넌 개다, 개! 알겠어?"

멱살을 놓자 소청의 몸이 걸레짝처럼 턱 나부라졌다.

"어어엉, 어어어엉……. 용서해…… 주세요. 어
엉……."

울고, 울고, 울고, 또 울어 어느덧 눈물샘마저 다 말라
버렸다.

"닥쳐! 용서해 줄 테니까 얼른 핥아 먹어! 두 번 말하
게 하지 마!"

소청은 가래침이 있는 곳으로 사력을 다해 엉금엉금 기

어가 천천히 고개를 숙였다.

그 순간.

벌컥!

문이 활짝 열리며 천공이 사납게 들이닥쳤다.

"이 짐승!"

깜짝 놀란 이욱이 고개를 돌리는 찰나, 천공의 주먹이 명치를 강타했다.

"끄허어억……."

이욱이 고통스러운 듯 털퍼덕 주저앉았다.

천공의 오른 무릎이 그의 아래턱을 강하게 올려 쳤다.

꽈드득—

섬뜩한 파골음.

이가 마주 부딪치며 혀가 뭉텅 잘려 나갔다.

이욱은 골수까지 치미는 화끈한 통증에 데굴데굴 몸부림을 쳤다.

"으버버! 으버, 으버버버……!"

그는 턱뼈가 부서지고 혀가 끊겨 제대로 된 비명조차 지르지 못했다.

소청이 쉬어 버린 목소리로 울부짖었다.

"으어엉…… 아저씨……. 으어어엉…… 무서…… 워요."

그 모습을 보고 있자니 천공은 다시 한 번 전신의 피가 거꾸로 솟구치는 느낌이었다. 걷잡을 수 없는 의분이 가슴을 헤집고 용암처럼 뿜어져 나왔다.

"청아! 귀를 막고 눈을 감아라."

소청은 덜덜 떨리는 고사리 같은 손으로 귀를 덮고 눈을 질끈 감았다.

두려움에 찬 이욱의 동공 위로 천공의 살벌한 얼굴이 비추어 들었다.

'주…… 죽는 건가?'

난생처음 느끼는 죽음의 공포.

천공의 두 눈에 서린 가공할 살기가 심장을 깊숙이 찔러 오는 것 같았다.

더러운 욕지거리로 자신의 허리까지밖에 오지 않는 열살 소녀를 신나게 두들겨 패며 어긋난 욕구를 채울 때까지만 하더라도 미처 몰랐을 것이다.

자신도 같은 꼴을 당하게 되리라는 사실을.

죄업에 따른 응보가 닥치리라는 것을.

천공은 그 사람의 탈을 쓴 더러운 짐승을 향해 싸늘한 목소리를 흘렸다.

"소청이 당했을 고통…… 너도 느껴 봐라."

분노를 실은 주먹이 체내에서 가장 고통스러운 혈 자리

만 골라 내리꽂혔다.

뻑, 빠아악—! 퍼억, 퍽, 퍼벅—!

이욱은 앞서 소청이 그랬듯 눈물, 콧물, 핏물을 질질 흘리며 몸을 부들부들 떨었다. 살과 뼈와 신경을 훑는 지독한 통증에 숨조차 쉬기 어려웠다. 그는 곧 눈을 까뒤집으며 급소를 맞은 여파로 근육이 휙휙 뒤틀렸다.

천공은 돌연 손속을 멈추고 잠시 생각했다.

상대는 이제 불구의 몸이다.

만약 이 상태로 살려 둔다면?

그 삶은 아마도 지옥처럼 고통스러울 것이다. 어쩌면 죽는 것보다 더 큰 고통일 수도 있다.

천마존이 그 의중을 읽은 듯 슬쩍 한마디 건넸다.

[본좌라면 화근을 남기지 않을 것이다. 크흣.]

이내 천공이 핏발 선 눈으로 입술을 깨물며 주먹을 꽉 움켰다.

"그래, 맞아. 사람이 어울려 사는 세상에…… 너 같은 귀축(鬼畜)이 있을 자리는 없다!"

퍼어억—!

성난 두 주먹이 양쪽 관자놀이의 태양혈(太陽穴)을 강하게 때렸다.

"끄으……."

이욱은 그렇게 외마디 소리와 함께 절명했다.

'죽어서도 편치 마라. 내 그리 빌 것이다.'

천공은 그런 이욱의 바지를 뒤져 전표를 회수한 후, 즉시 소청 쪽으로 걸음을 옮겼다. 그런데 그때, 바깥에서 누군가의 인기척이 들렸다.

그는 잽싸게 문 좌측 벽면에 등을 기대고 은신했다.

"이봐, 욱. 골방에 있나? 애새끼들 두 명 새로 구해 놓았으니 조만간 여기로 데려와서 교육 좀 시켜."

덩치 큰 사내가 걸쭉한 목소리를 발하며 골방으로 발을 들인 순간, 천공의 오른 손날이 기습적으로 그의 울대뼈를 강타했다.

숨이 컥 막힌 사내가 목을 움츠리는 찰나.

퍼억!

천공의 주먹이 그대로 천극혈을 때리자 사내가 뒤로 크게 나자빠지며 숨을 거두었다.

천마존이 나지막하게 웃었다.

[후후후, 네놈 제법 운이 좋구나. 오늘 걸리는 것마다 죄다 삼류 건달뿐이니 말이다.]

천공은 아무 말 없이 포목점 안에 있는 긴 천으로 소청의 몸을 돌돌 감싼 후 품에 안았다.

소청이 힘겨운 목소리로 말했다.

"아, 아저씨…… 너무…… 아파요. <u>흐으으</u>…… "

"오냐, 조금만 참아라. 착하지, 아저씨가 곧바로 의원에 데려가마."

울화가 치민 천공은 살짝 목이 메었다.

찰나지간, 이욱의 왼쪽 어깨에 새겨진 문신이 그의 눈동자에 들어와 박혔다.

'저것은……?'

그는 앞서 자신이 들른 반점에서 욕지거리를 해 대며 웃고 떠들던 장한들을 떠올렸다. 그들 역시도 이욱과 동일한 문신을 가지고 있었다.

'갈응……. 분명 문파 이름이다!'

이것이 뒷골목 무뢰한들이 주도한 것이 아니라 갈응이란 한 문파의 권력에 의해 행해진 짓이라면 결코 좌시할 수 없었다. 단지 이욱과 같은 부류 몇 명을 죽인 것으로 끝날 일이 아니었다.

[갈색의 매? 크흐흐흣! 정말이지 유치하기 짝이 없는 명이군. 하기야 대저 삼류 나부랭이 문파들이 이름도 유치하고, 또 추잡한 짓도 수시로 일삼는 법이지. 놈들은 천성이 강자에게 약하고 약자에게 강하거든. 그러니까 일평생 삼류 수준에 머무는 것이고.]

"어쩌면 삼류가 아닐 수도 있지."

[흥, 그래 봤자 이류다. 절대 일류는 아니지. 내가 다른 건 몰라도 중원 일류 문파들은 훤히 꿰고 있느니라. 그 안에 갈응이란 명을 가진 문파는 없어.]

"일단 알겠다."

천공은 뭔가 결심한 듯 두 눈을 빛내며 소청을 안은 채 포목점을 떠났다.

마을 변두리에 위치한 한 의원. 이곳은 침술이 용하기로 유명한 의원이었다.

그 내부, 병소에 머리털이 허옇게 센 늙은 의자(醫者)가 진땀을 뻘뻘 흘리며 침상에 누운 소청에게 약침을 놓고 있었다.

밥벌이를 위해 오랜 세월 해 온 일일 텐데도 시침 하나하나가 무척이나 조심스러워 보였다. 그 정도로 소청의 몸은 나쁜 상태였다.

"음……."

소청은 약침이 꽂힐 때마다 통증에 인상을 찌푸리며 입술을 꾹 깨물었다. 하지만 천공이 곁에 있다는 안도감 때문인지 눈빛만큼은 편안한 느낌이었다.

천공은 자신이 다시 포목점으로 발길을 돌리길 천만다행이라 생각했다.

'내가 만약 그대로 떠나 버렸다면……'

실은 거의 그럴 뻔했다.

포목점을 나와 금룡전장에 들른 후 말과 짐을 맡겨 놓은 마구간 앞까지 갔으니까.

그런데…… 막상 떠나려니 자꾸만 소청의 얼굴이 아른거렸다. 무거운 마음과 더불어 두 다리까지도 무거워져 도저히 나아가기가 힘들었다. 그것은 뭐라 말로 설명하기 힘든, 복잡 미묘한 감정이었다.

결국 소청의 모친을 뵙고 이곳을 떠나야겠다는 생각이 들어 서둘러 발걸음을 돌렸고, 그렇게 포목점으로 와 그 끔찍한 광경을 목도하게 됐다.

천공은 두 눈을 지그시 감으며 주먹을 꾹 쥐었다.

'갈응…… 갈응…… 갈응이라……'

이미 이욱과 일당 하나를 죽여 없앴지만 가슴에 한 번 또아리를 튼 살심은 걷잡을 수 없이 자꾸만 커졌다.

"애새끼들 두 명 새로 구해 놓았으니 조만간 여기로 데려와서 교육 좀 시켜."

그 말이 뇌리를 맴돌며 마음을 불편하게 만들었다.

한참 뒤, 치료를 끝낸 의자가 어느덧 잠이 든 소청의

가녀린 몸에 이불을 덮어 주며 천공에게 말했다.

"이 아이, 참 대견하구먼. 온몸이 멍이 들어 침이 살짝 닿는 것조차 고통스러웠을 터인데…… 끝까지 잘 참아 주었어. 쯧쯧, 천벌 받을 놈들. 정녕 하늘이 두렵지 않단 말인가."

"뭔가 알고 계시는 것 같군요."

"알다마다. 내 평생을 이곳에 살았는데. 저 갈응문의 불한당들이 아니면 누가 이런 짓을 하겠나."

그에 천공이 눈빛을 가라앉히며 나지막이 청했다.

"갈응문에 대해 상세히 알고 싶습니다."

의자는 한숨을 푹 쉬며 그들에 대한 이야기를 꺼냈다.

"갈응문은 원래 위세가 큰 문파가 아니었네. 고작 골목 상권이나 다투는 하류 세력이었지. 또한 그들과 비슷한 세력도 이십여 개나 있었어. 한데 십 년 전……."

십 년 전, 한 명의 도객(刀客)이 이곳에 발을 들였다.

탁세웅(卓勢熊).

그는 이름 모를 도법(刀法)의 고수로, 포강현에 오자마자 갈응문의 문주를 죽이고 자신이 문주에 올랐다. 그러고는 차츰차츰 주변 세력을 물리치며 세를 불리기 시작했다.

그렇게 열여덟 개의 세력이 그의 손아귀 아래 갈응문과

통합되었고, 십 년이 지난 지금은 포강현 최강의 세력으로 명성을 떨쳤다.

탁세웅은 천성이 악해 돈벌이에 수단과 방법을 가리지 않았는데, 살인, 강탈, 사기, 유괴 등등 온갖 패악한 짓을 일삼으며 닥치는 대로 돈을 긁어모았다. 또한 그 돈으로 관부의 관리들에게 꾸준히 뇌물을 먹여 자신들이 안전하게 권력을 누릴 수 있는 기반을 만들었다. 말 그대로 포강현의 황제라 해도 과언이 아니었다.

이윽고 의자의 화두가 갈웅문이 관리하는 거리의 어린 아이들에게로 옮겨졌다.

"그들의 돈벌이에 내몰린 아이들 중 절반은 그들로부터 빚을 지고 있는 빈민가의 자식들이고, 나머지 절반은 유괴된 아이들이라네. 최근엔 젖먹이 갓난아기까지 노린다는 소문도 들리더군. 정말 패륜도 이런 패륜이 없지. 매해 그들 손에 맞아 죽는 아이들 수가 일백을 헤아리네. 그리고 매해 그 수를 다시 또 채우지."

천공은 이야기를 들을수록 기가 막혔다.

'이런 패악한 무리가 존재하다니……!'

하지만 천마존은 별 감흥이 없는 듯했다.

[큭! 갈웅문 이야기는 뭐 하러 듣고 있느냐? 어차피 네 놈은 아무것도 못하는데. 저 꼬맹이 하나 살린 것으로 만

족해라.]

그때, 의자가 궁금한 표정으로 물었다.

"자네는 저 아이를 장차 어찌할 생각인가? 아마 며칠도 안 돼 갈응문 수하들이 다시 빼앗아 갈 터인데……."

"……."

"곳곳에 그들의 눈과 귀가 있어 숨는 것도 한계가 따를 것이야."

"만약 갈응문이 사라지면…… 적어도 아이들이 희생될 일은 없겠지요?"

"말이라고 하는가. 하나 당장은 이뤄지기 힘든 바람이지."

"혹시 그들이 모두 한자리에 모이는 때를 아십니까?"

"안 그래도 오늘 밤 갈응문 총회가 있다고 하네만……. 수뇌부부터 말단까지 팔백 명 가까운 인원이 모인다더군. 그건 왜 묻는가?"

이에 천공의 두 눈이 기이한 빛을 뿜었다.

"아닙니다, 어르신, 청아를 잘 보살펴 주십시오. 곧 다시 뵙겠습니다."

그는 곧장 자리를 털고 일어나 의원을 나왔다.

[후후, 네놈이 노래를 부르던 신비괴림이 이제 코앞인데, 여기서 이럴 시간이 있느냐? 나야 상관없지만.]

"하루 정도는 괜찮다."

[도대체 무슨 꿍꿍이냐? 좀 알자.]

"갈응문을 멸하려고."

[크크큭! 이놈이 드디어 정신이 나갔군. 네놈 혼자서 갈응문을 멸해? 지나가는 개가 웃는다. 내공으로 심법밖에 못 쓰는 주제에……. 본좌가 나선다면 또 모를까.]

"그러니까 네가 나서 줘야겠다."

뜻밖의 말에 천마존이 놀라 물었다.

[뭣?]

"네 힘이 필요하다."

4장
혈풍(血風)

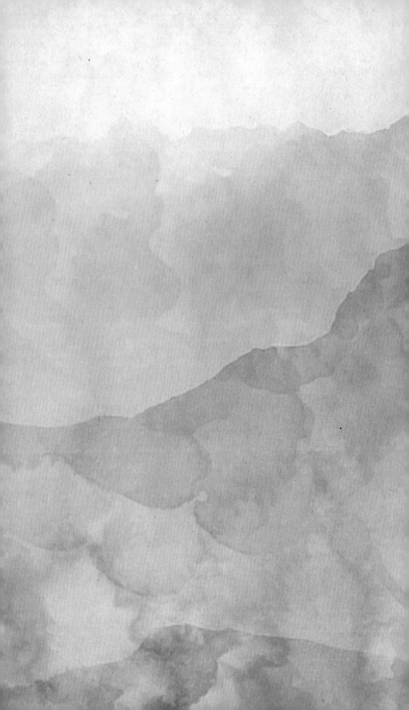

[진심이냐?]

그러자 천공이 고개를 끄덕거렸다.

"방금 들었다시피 오늘 밤 갈응문 총회에 모든 문도들이 모이지. 그건 곧……."

[일거에 쓸어버릴 절호의 기회다, 이거냐? 네놈도 참, 그 계집애 일 때문에 어지간히 열이 받은 모양이구나. 크크크크. 아무튼 네 말은…… 본좌가 육신을 마음대로 다룰 수 있게 해 주겠다는 뜻이렷다?]

"그래."

천마존이 은근히 거들먹거리며 물었다.

[내가 그 하단전을 이용해 힘을 더 빨리 회복하게 되면

어쩌려고 그러느냐?]

"솔직히 말하면, 껄끄럽지. 하지만 속으로 가만히 계산을 해 보니 위험의 경우가 그렇게 크진 않겠더군."

[뭐라?]

"네가 제아무리 축기를 빨리 하더라도 일각 남짓 동안에 모을 수 있는 기의 양은 한정적이니까. 나도 항마조 수승이었을 때 그 시간 동안에 축기할 수 있는 기운은 생각보다 많지 않았어. 너라면 말할 것도 없지."

[일각 남짓 안에 그것들을 다 해치우라는 말이냐?]

"그 정도 시간 동안 자유를 얻게 된 것만도 감사히 여겨."

천공의 냉랭한 대꾸에 천마존이 발끈해 소리쳤다.

[갈! 시간을 한정하다니! 시간 정해 놓고 싸우는 법이 세상에 어디 있느냐? 게다가 그쪽에 숨은 고수가 있을 수도 있잖느냐!]

"네가 그런 변수가 통할 상대인가? 천하를 벌벌 떨게 만들던 천마존인데? 본연의 힘을 이미 절반 가까이 회복한 상태라는 걸 알고 있다."

[제기랄! 아무리 그래도 그렇지!]

"아까 네 입으로 분명히 말했어. 잘 쳐줘야 이류 문파라고."

[크윽, 이런 망할 새끼가……! 그런 식으로 나오면 나도 제대로 안 싸우는 수가 있다!]

　"그럼 죽겠지. 너도, 나도."

　[오냐, 같이 죽자!]

　"기회를 주는데도 거절하시겠다?"

　[흥! 그렇다면 어쩔 거냐?]

　천공은 돌연 우두커니 서서 상념에 잠겼다. 그러다가 곧 한숨을 길게 쉬며 느릿느릿 발걸음을 뗐다.

　"그럼 어쩔 수 없군. 일단 신비괴림으로 가 흑선부터 만나야지. 화를 누르기 힘들지만 갈응문의 일은 나중으로 미루는 수밖에……. 나도 기껏 예까지 와서 허무히 죽을 순 없는 노릇이니까."

　눈치를 살피듯 잠시간 뜸을 들이던 천마존이 마지못해 외쳤다.

　[알았다, 알았다! 하마! 이 썩을 놈아!]

　모처럼 몸을 다룰 수 있는 기회를 그냥 날려 버리자니 내심 솔직히 아까웠던 것이다.

　"그럴 줄 알았다. 더 이상 그에 대해 토 달지 마라."

　그렇게 말한 천공이 이어서 물었다.

　"새외 마도 세력들도 저 갈응문처럼 아이들을 데리고 몹쓸 짓을 하나?"

[저마다 다를 터. 애새끼들을 이용해 장사하는 무리가 몇 있기는 하지.]

"넌 어땠지?"

[감히 그런 질문을…… 도대체 본좌를 뭐로 보는 것이냐! 마도에도 엄연히 급이 있거늘! 긴 세월 동안 사람을 수도 없이 죽여 봤지만 그건 다 본 교의 권위에 불복하는 잡스러운 마세의 무리와 너희 중원 나부랭이들이었지, 거기에 애새끼들은 없었다!]

천공은 의외라는 듯 어깨를 으쓱거렸다.

"그나마 최소한의 양심은 가지고 있던 모양이군."

[크크크! 시끄럽고, 어서 갈응문으로 가자! 벌써부터 손이 근질근질하다.]

"한 가지 부탁하자."

[부탁? 방금 부탁이라 했느냐? 크하하하하! 이거, 정말 기분 좋군그래.]

아까와 달리 천공의 표정이 사뭇 진지했다. 그로부터 뭔가를 느낀 천마존이 약간 누그러진 투로 물었다.

[부탁이란 게 뭐지?]

그 물음이 던져지고도 조금의 시간이 더 지난 뒤에야 비로소 천공의 입이 열렸다.

"너 같은 희대의 마인조차도 하지 않은 패륜을 저지른

저 무리, 그 정점에 서 있는 탁세웅이라는 자······."

[본좌가 어떤 식으로 죽여 주길 바라느냐?]

천공은 또다시 대답을 아끼며 주먹을 꽉 쥐었다. 그러다가 노을로 물든 서편 하늘을 바라보며 나지막이 말했다.

"죽이지 말고 살려 둬."

[뭐?]

"······그저 숨만 쉴 수 있게끔."

천마존이 보이지 않는 미소로 짧게 답했다.

[그러지.]

        *   *   *

유시(酉時:오후 5시~7시) 무렵.

시뻘건 눈을 가진 귀견 열 마리가 코를 킁킁대며 땅거미가 깔린 관도를 부지런히 나아가고 있었다. 그 바로 뒤쪽엔 한 대의 마차가 귀견들 꽁무니를 느릿느릿 따르는 중이었다.

마부석에 자리한 귀견옹은 말고삐를 쥔 채 귀견들을 향해 뜻을 알 수 없는 말로 명을 내렸다. 얼핏 들으면 주문같기도 한 소리. 아마도 그들만의 대화법인 듯싶었다.

한편, 차내(車內)엔 단희연이 권태로운 표정으로 늘씬한 다리를 꼬고 앉아 창밖을 보며 상념에 잠겨 있었다.

허리 아래까지 드리운 그녀의 흑단 같은 긴 머리카락은 불그스름한 노을빛을 받아 꽤 신비로운 분위기를 연출했다.

"지겹네."

읊조리듯 중얼거린 단희연이 선홍색 입술을 삐죽 내밀었다.

별안간 귀견옹이 마부석 뒤로 나 있는 작은 창을 통해 말했다.

"이놈이 제법 머리를 썼군요. 관도는 마차와 사람들이 많이 지나다니는 곳이라 흔적을 지우기 좋다는 것을 알고 있던 모양입니다. 후후훗, 하지만 냄새는 지울 수 없는 법이지요."

"그래요, 수고해요."

단희연은 별 관심 없다는 투로 답한 후 보따리에서 낡은 책 한 권을 꺼냈다.

누렇게 바랜 그 표지엔 '유령검법(幽靈劍法)'이란 네 글자가 정갈한 필체로 적혀 있었다.

그녀는 책을 꺼내 놓고 정작 읽지는 않은 채 애꿎은 표지만 만지작거렸다.

'내가 만약 이걸 다 익힌다면 강호 최고의 여검수가 될 수 있을까?'

유령검법은 약 이백 년 전, 강호에서 유령검후(幽靈劍后)란 별호로 활약한 여고수 진설아(秦雪兒)의 비급이었다.

당시 진설아는 천하를 통틀어 다섯 손가락에 든 최강 반열의 여고수였다. 하지만 어느 날 갑자기 종적을 감추며 덩달아 그 비급도 사라졌다.

단희연이 이 비급을 얻은 경유는 단순했다.

오 년 전, 성내 승격 심사에 통과했을 때 구예가 친히 상으로 내려 받은 것이다.

구예는 평소 실전된 고서(古書)를 찾아 모으는 취미를 가지고 있었다. 그렇지만 설마 이백 년이나 된 유령검법까지 보관하고 있었을 줄은 아무도 예상 못했다.

단희연은 처음엔 그 비급을 손에 넣었단 사실이 그저 기쁘기만 했다. 하지만 그 기쁨이 절망으로 바뀌기까지는 그리 오랜 시간이 걸리지 않았다.

유령검법은 너무 난해한 무공이었다.

난해한 것도 어느 정도가 있지, 이건 어지간히 영민한 사람이 아니면 아예 첫 장부터 익힐 엄두가 나지 않을 정도로 내용이 어려웠다.

비급을 받고 일 년이 지난 뒤에야 그녀는 비로소 깨달을 수 있었다.

원래는 구예 자신이 익히려고 했던 비급인데 구결이 너무 난해해 결국 포기했고, 포상이란 그럴싸한 명분으로 쓰레기 처분하듯 넘겨주었다는 사실을.

사라락, 사라락.

단희연이 책장을 한 장, 한 장 넘길 때마다 유령검법 운용과 관련한 복잡한 도해(圖解)가 그 모습을 드러냈다. 어떤 장엔 그림만 잔뜩 있기도 했고, 또 어떤 장엔 글만 빼곡히 들어차 있기도 했다.

'성주는 어디까지 익히다가 포기했던 걸까?'

불현듯 그 점이 궁금했다. 또 신검귀라 불릴 정도로 검에 대한 조예가 깊은 그가 보다가 접었을 정도라면 도대체 누가 이걸 쉽게 익힐 수 있을는지, 그것도 궁금했다.

'흠, 분명 이걸 쉽게 이해하는 사람이 천하 어딘가에 존재하긴 할 텐데.'

사실 그녀는 이를 악물고 오기와 끈기로 몇 달 전 비로소 제일 앞부분에 있는 검초를 완벽히 자신의 것으로 만들었다. 하지만 그다음 장부터는 도무지 시도해 볼 용기가 나지 않았다. 이런 식으로 가다가는 늙어 죽을 때까지도 다 못 익힐 것 같았기 때문이다.

'중원 최고의 여검수……. 그 말을 듣는다는 건 과연 어떤 기분일까? 또 실제로 그 자리에 오른 유령검후는 하루하루를 어떤 기분으로 살았을까?'

자신으로서는 이룰 수도 없는 묘연한 꿈.

한때는 그 꿈을 진짜 이룰 수 있다 믿고 잠도 아껴 가며 열심히 수련한 적도 있었는데.

단희연은 이내 비급을 덮고 한숨을 내쉬었다.

어느덧 스물세 살.

정말이지, 과거의 열정은 다 어디로 사라져 버린 것인지.

"이번 일만 끝나면…… 다 때려치우고 시집이나 갈까?"

그때, 마부석의 귀견옹이 음흉한 미소로 물었다.

"예? 방금 뭐라 그러셨습니까? 제게 시집을 오시겠다고요?"

"미쳤어요!"

                    *   *   *

포강현을 군림하는 제일의 세력.

갈응문.

병풍처럼 길게 뻗은 담벼락 너머로 우뚝 치솟은 전각들만 보더라도 그 위세가 얼마나 대단한지를 능히 알 수 있었다.

교결히 빛나는 달빛 아래, 갈응문 내부 광장엔 현재 수많은 인파가 북새통을 이루고 있었다. 바로 총회에 참석한 소속 문도들이었다. 그들은 광장에 마련된 온갖 종류의 술과 음식을 즐기며 문주 탁세웅이 나타나기를 기다리고 있었다.

갈응문 북쪽에 위치한 한 전각.

턱, 턱, 터턱……

화려한 장식으로 꾸며진 내실의 대리석 탁자 위에 역겨운 혈향을 풍기는 머리통이 놓였다. 그것은 다름 아닌 갈응문 문도들의 머리였다.

탁자에 자리한 우람한 체격의 사십 대 사내가 입꼬리를 씰룩 올리며 말했다.

"홋, 네가 감히 우리 애들을 죽여?"

전신으로부터 흉맹한 기운을 물씬 풍기는 그가 바로 현 갈응문 문주 탁세웅이었다.

맞은편에 선 죽립사내가 씩 웃으며 그 말을 받았다.

"아까 낮에 반점에서 진 빚이 있어서."

"아무튼 예까지 잘도 숨어 들어왔구나. 설마 날 죽이러 온 거냐?"

"그렇다면?"

"왓하하하하! 과연 그게 가능할까?"

핑소한 탁세웅이 대뜸 자신의 의자 옆에 세워 놓은 대도(大刀)를 움켰다. 수틀리면 금방이라도 목을 베러 달려들 것만 같은 기세였다.

탁세웅이 발하는 숨 막히는 투기에도 죽립사내는 여유로움을 잃지 않았다.

"성미가 급한 건 여전하구나. 흥분하지 마라. 난 그저 물건을 가지러 온 것뿐이니까."

탁세웅은 짐짓 거만한 표정으로 수염을 쓰다듬었다.

"물건? 어떤 물건? 무슨 말인지 당최 모르겠군. 후훗."

"마경(魔鏡)."

죽립사내의 말에 탁세웅의 표정이 흠칫 굳었다.

두 사람 사이에 잠시간 무거운 침묵이 흐르다가 탁세웅이 먼저 입을 떼고 물었다.

"내가 마경을 가지고 있다는 사실을…… 어떻게 알았느냐?"

"본 가(本家)의 정보력을 무시해선 곤란하지."

"설마…… 육대마가에서 마경을 모으는 중인가?"

"네 조각이 더 필요하다. 그중 한 조각이 네 손에 있지. 가주(家主)께서도 네가 마경만 건네면 더 이상 배신의 죄를 묻지 않으리라 약조하셨다. 본 가의 눈을 피해 신분을 바꾸며 사는 것, 이제 신물 나지 않느냐?"

그러자 발끈한 탁세웅이 이마에 핏대를 세우며 이기죽거렸다.

"흥, 웃기는 소리! 난 예전의 내가 아니다! 육대마가의 가주들은 물론, 그 무시무시한 천마존이 다시 살아 돌아온다고 하더라도 전혀 두렵지 않다!"

죽립사내가 두 눈에 이채를 발하며 희미한 미소를 머금었다.

"그 천마존이…… 정말로 살아 돌아왔다면?"

"뭣?"

＊　　　　＊　　　　＊

갈응문 앞에 당도한 천공은 현판이 걸린 정문을 향해 성큼성큼 걸음을 옮겼다. 그러자 그 앞을 지키고 서 있던 네 명의 무인이 더 이상 가까이 오지 말라는 듯 눈을 부라리며 외쳤다.

"어이, 중요한 행사 중이다! 가까이 오지 마라!"

"인마! 썩 꺼지지 못해!"

그 순간, 천공이 신형을 우뚝 멈추고 나지막하게 중얼거렸다.

"이제 시작이다."

[크크크크……. 심법을 거둬라, 천공.]

천마존의 전성이 끝나기가 무섭게 천공은 심법을 거두며 심혼의 자리를 맞바꿨다. 그 여파로 신형이 한차례 가벼운 떨림을 발했다.

"이 자식이 안 가고 멍청히 서서 뭐 하는 거야?"

무인 한 명이 그렇게 투덜거리며 천공의 곁으로 다가간 순간, 돌연 일대 지면이 지진이라도 난 듯 요동치며 어지러이 거미줄을 그렸다.

쩌쩍! 쩌저적— 쩌저저적—!

동시에 사위를 짓누르는 가공할 기운이 접근한 무인과 정문을 지키고 있던 세 무인의 숨통을 꽉 죄었다. 그들은 괴로운 표정으로 땅에 주저앉은 채 눈, 코, 입으로 피를 줄줄 흘렸다.

씨이익.

천공의 입술이 이제껏 한 번도 담아낸 적 없는 사악한 미소를 그어 올렸다. 바로 천마존의 미소였다.

일순 네 무인의 머리통이 연속적으로 무참히 터져 나가며 피와 뇌수를 퍼뜨렸다. 무형지기의 압력을 끝내 견디지 못한 것이다.

"크하하하, 크하하하하!"

앙천대소와 함께 지면을 박찬 천마존의 신형이 그대로 정문을 깨부쉈다.

와지끈, 콰지직—!

중앙 광장에 모여 있던 팔백여 명의 시선이 일제히 정문 쪽으로 쏠렸다.

쿵, 쿵, 쿵, 쿵!

천마존이 한 걸음을 뗄 때마다 반경 십 장의 지면이 거센 진동을 일으켰다.

이내 광장으로 발을 들인 그는 사방을 가득 메운 인파를 보며 전신으로 시커먼 마기를 무럭무럭 피워 올렸다.

"제대로 놀아 보자꾸나!"

외침과 함께 두 팔을 좌우로 뻗어 손바닥을 쫙 편 순간, 그 방향 선상에 있던 문도 둘의 신형이 바람에 휩쓸린 낙엽인 양 주르륵 이끌렸다.

엄청난 흡인력의 허공섭물.

그야말로 찰나지간이었다.

생각할 틈도, 저항할 틈도 없는.

히죽 웃은 천마존이 양손을 교차하자 한껏 끌어당겨진 두 문도가 서로 강하게 맞부딪치며 머리통이 깨져 죽었다.

후두두둑.

박처럼 으스러진 머리뼈 조각들이 바닥에 흩뿌려지자 팔백여 문도가 경악을 금치 못했다.

"……!"

숨소리 하나 들리지 않을 만큼 무거운 정적. 마치 죽음과 같은 고요함이 주위를 휩싸고 돌았다.

단 한 사람이 발한 패도적인 기도가 단숨에 수백 명을 압도해 버린 것이다.

다음 순간.

파밧!

천마존이 정면을 향해 우수를 수평으로 내긋자 예리한 무형지기에 의해 십여 명의 허리가 작두질을 당한 듯 무참히 절단되어 피분수를 뿜었다.

푸하아아악—!

이번엔 좌수가 횡으로 움직여 그 방향에 있는 십여 명의 몸뚱이를 반듯하게 끊었다.

푸하악, 푸하아악—!

다시 두 손을 한꺼번에 놀리자 이십여 명의 허리가 부

챗살이 펴지듯 잘려 나가며 선혈의 파도를 일으켰다.

푸하아아아아악—!

그 주변에 서 있던 문도들은 뜨거운 피를 흠뻑 뒤집어 쓰며 비로소 사태의 심각성을 인지했다.

"시벌, 고작 한 놈이야! 밀어붙여!"

누군가의 성난 외침에 정신이 번쩍 든 문도들이 일제히 병기를 빼 들고 벌떼처럼 쇄도하기 시작했다.

인원수를 믿고 가까스로 끄집어 낸 호기.

두 눈을 번뜩인 천마존이 나지막이 소성을 흘렸다.

"크훗. 그래, 그렇게 나와야지."

그의 신형을 감싼 마기가 곧 머리 위로 뭉쳐 무시무시한 마신의 형상을 만들더니, 일시에 체내로 갈무리되었다.

문도들은 그것이 천마신공 고유의 발현 마기라는 것을 알지 못했다. 우물 안 개구리답게 소문만 들었지, 직접 경험해 본 적이 없었으니까.

하기야 단번에 간파할 만큼의 안목을 가진 무리였다면 진즉 포강현을 벗어나 큰물에서 놀았을 터.

천마존이 내공을 운용해 양팔을 위로 번쩍 쳐들었다.

후우우우웅!

팔놀림을 따라 발출된 마기의 폭풍이 좌우로 육박한 문

도들을 맹렬히 휘감자 방대한 핏물이 허공으로 치솟아 비를 뿌렸다.

천마흑풍살기(天魔黑風殺氣).

무려 삼십여 명의 육신이 그 막강한 기예에 휩쓸려 흔적조차 없이 분쇄돼 버렸다.

"아아……!"

문도들이 기겁해 주춤하는 사이, 천마존의 왼 손바닥이 앞으로 내뻗쳤다. 이에 장심(掌心)으로부터 압축된 마기가 주먹만 한 구체(球體)로 화해 맹렬히 회전하며 쏘아져 나갔다.

파아아아아아—!

시커먼 구체가 쾌속히 정면에 자리한 무리를 일렬로 관통하자 피 보라가 일며 단말마의 비명이 연속적으로 터졌다. 그렇게 삼십여 명의 문도가 몸에 커다란 구멍을 안고서 이승을 떠났다.

석 자 두께의 강판도 꿰뚫는다는 소림사 대력금강장과 쌍벽을 이루는 장법, 마력원구장(魔力圓球掌).

그 절대한 위력을 본 문도들은 전신을 옥죄어 오는 미증유의 공포를 느꼈다. 단순히 인원수로 밀어붙일 수 있는 상대가 아님을 너무 뒤늦게 깨달았다.

몇 번의 출수로 몸이 풀린 천마존은 한층 강력한 마기

를 이끌어 냈다.

쿠구구궁, 쿠구구구궁—

형언하기 힘든 거대한 압력에 의해 지면이 위아래로 요
동치자 문도들은 저마다 몸의 균형을 잡지 못한 채 힘겹
게 비틀거렸다.

"이따위가 문파라고? 크하하하하!"

핑소한 천마존의 신형이 빠르게 선회하며 가공할 마기
의 파도를 일으키자 귀를 찢는 듯한 굉음이 광장을 뒤덮
었다.

콰콰콰콰콰콰콰—!

해일처럼 사방으로 퍼져 나가는 육중한 기파.

천마신공 오대절기, 천마대멸공(天魔大滅功)이 일 년
여의 공백을 깨고 그 위용을 드러내는 순간이었다.

"우앗! 도망쳐라!"

"다, 다들 물러서!"

얼굴색이 새파랗게 된 문도들이 흔들리는 지면을 딛고
허겁지겁 몸을 뒤로 빼려 했지만, 천마대멸공의 기류는
엄청난 속도로 그들을 집어삼켜 나갔다.

"으아, 으아아아!"

"카아악!"

"끄어어억!"

온갖 날카로운 비명들이 메아리치며 일대 광장은 창졸간에 참혹한 시산혈해(屍山血海)로 뒤바뀌었다. 또한 주변에 즐비하게 들어서 있던 건물들도 강대한 힘의 여파로 폭삭 주저앉아 폐허 더미로 변했다.

뿌연 먼지가 흩날리는 아래, 천마존이 숨을 고르며 마기를 갈무리하자 요동치던 지면이 이내 조용히 가라앉았다.

"크크크, 삼류 나부랭이들이라 너무 약하군. 죽여도 흥이 나질 않아."

겨우 삼분지 일 공력의 천마대멸공에 의해 수백여 문도가 그 자리에서 즉사했다.

생존자는 겨우 백오십 명 남짓. 그마저도 태반이 내상과 외상을 입어 상태가 온전하지 않았다.

한편, 그로부터 이십 장 정도 떨어진 곳.

소란을 감지하고 전각 밖으로 뛰쳐나온 탁세웅이 사방을 둘러보며 아찔한 현기증을 느꼈다.

"이, 이럴 수가……."

보고도 믿기 힘든 광경이 눈을 괴롭혀 들었다.

대도를 불끈 쥔 그는 곧 저 멀리에서 잔존한 문도들을 함부로 쳐 죽이는 천마존을 발견했다. 한눈에 봐도 일류 고수라는 걸 알 수 있었다.

'저 젊은 놈은 정체가 뭐지?'

그때, 등 뒤로 죽립사내가 다가와 서며 말했다.

"천마존."

탁세웅이 눈썹을 꿈틀하며 고개를 돌렸다.

"뭐라?"

"그가 바로 천마존이다."

"이런 미친…… 헛소리 좀 작작해라! 천마존은 이미 뒈졌다! 의문의 대폭발로 천마존뿐만 아니라 천마교 자체가 괴멸됐단 소식이 이곳 절강성까지 전해졌거늘!"

"내 아까 말했잖으냐, 살아 돌아왔다고. 하기야 믿고 안 믿고는 네 마음이지."

"허! 네놈, 진짜 대갈통이 돈 모양이군. 그럼 저 모습은 뭐냐? 일백 살이 넘은 그가 환생도 모자라 탈태환골에 반로환동까지 했단 뜻인가?"

"진심으로 충고하는데, 절대 그와 맞서지 마라. 나라면 지금 당장 도망치는 것을 택하겠다. 그전에…… 마경부터 넘겨라."

그에 탁세웅이 묘한 눈빛을 발하며 물었다.

"하나 묻자. 마경 조각을 다 모으면 도대체 무슨 일이 벌어지는 것이냐?"

"기밀이다."

"날 호구로 보는군! 다른 건 몰라도 마경 조각이 영적인 힘을 가지고 있다는 사실은 내 이미 알고 있다. 아마 네들도 그 영적인 힘이 목적일 터!"

죽립사내의 안색이 가볍게 흔들렸다.

"너 설마…… 마경의 부름에 이끌려 혼을 팔았느냐?"

"우후후후, 물론! 하나 혼을 저당 잡힌 대신 새로운 힘을 얻었지."

"그래서 그 힘으로 천마존과 대적하겠다는 것인가?"

"갈! 그놈의 천마존, 천마존! 지겹구나! 도대체 무슨 근거로 그따위 소릴 지껄이는 거지? 좋아, 내 직접 놈의 목을 베어 증명해 주마. 마경이 선사한 힘이 얼마나 대단한지…… 예서 똑똑히 지켜봐라!"

탁세웅은 그대로 표홀한 경공술을 전개해 천마존이 있는 쪽으로 신형을 날렸다.

직후, 죽립사내는 보일 듯 말 듯 조소를 머금었다.

'어리석은……. 새로운 힘을 얻었다? 아주 큰 착각을 하고 있구나. 넌 지금 그 마경의 영력(靈力)에 의해 조종당하는 인형일 뿐, 마경은 단지 널 홀려 혼기(魂氣)를 빨아먹으려는 것이다. 네가 죽더라도 그 힘은 소멸하지 않고 다시 마경으로 흡수되지.'

그러곤 시야를 조금 더 확장시켜 저편에서 맘껏 살육을

벌이고 있는 천마존을 보았다.

'무슨 근거로 천마존이라 확신하느냐고?'

죽립사내는 품속에 넣어 둔 붉고 투명한 구슬을 꺼냈다. 그 구슬은 거듭 미약한 진동과 함께 검은 아지랑이를 파생시키고 있었다.

'보아라. 천마교의 신물인 마령옥이 이토록 확실하게 반응을 하고 있잖은가.'

그는 다시 마령옥을 품에 갈무리하곤 죽립의 음영이 드리운 눈동자를 빛냈다.

'숨어서 때를 기다리자. 일이 조금 꼬이긴 했지만……어쨌든 마경은 확보할 수 있을 듯하니. 후훗.'

동시에 그 신형이 픽! 소리를 남기며 종적을 감췄다.

추아아아악—!

천마존의 쌍수(雙手)로부터 발출된 기파가 이십여 명의 몸통을 종잇조각처럼 갈라 버렸다.

어느덧 생존한 문도는 열 명 남짓.

말 그대로 갈응문은 괴멸 직전이었다.

천마존이 측방으로 시선을 돌리며 자신을 향해 쇄도해 오고 있는 탁세웅을 발견했다.

"호오, 저놈이 탁세웅인가?"

그 중얼거림과 함께 전신으로 마기가 불꽃처럼 폭사됐다.

화아아아악—!

시커먼 기류와 한 몸이 된 천마존은 육안의 쫓음을 불허하는 섬광 같은 운신으로 나머지 문도들의 목을 쳐 나갔다.

투학, 투학, 투학, 투하악……!

깔끔하게 절단된 머리통들이 지면을 어지러이 나뒹굴자 역겨운 피비린내가 바람을 타고 번졌다.

천마존이 손날을 휘둘러 마지막 남은 문도의 목을 잘라 버릴 때, 십 보 거리에 이른 탁세웅이 지면을 쾅! 딛고 대도를 횡으로 휘둘렀다.

부우우우웅!

육중한 풍압과 더불어 기다란 반월형(半月形)의 도기(刀氣)가 허공을 격해 사납게 육박했다.

천마존은 신속히 좌수를 내밀어 손바닥을 폈다.

파하앙—!

보이지 않는 기막에 부딪쳐 소멸해 버린 도기.

'놈, 제법……!'

이를 윽문 탁세웅은 기세를 멈추지 않고 대도를 놀려 반월형의 도기를 연거푸 뿌렸다. 그렇게 도기들이 무형의 기막 위를 세게 두들기자 파공음이 마구 메아리쳤다.

퍼버벙, 퍼버버벙!

이내 투명한 도기의 잔해가 물결처럼 흩어지며 그 사이로 천마존이 모습을 드러냈다. 그는 앞서와 다름없이 한쪽 팔만 뻗은 채 예의 자리에 꼿꼿이 서 있었다.

탁세웅의 눈동자가 작은 파문을 일으켰다.

'크음! 젊은 놈의 공력이 저토록 심후하다니……'

방금 자신이 구사한 것은 일신의 절기인 광포반월섬(狂暴半月閃). 그런데 상대에게 상처를 안기긴커녕 무형의 기막조차 뚫지 못했다.

천마존이 별안간 시커먼 마기를 무럭무럭 피워 올렸다.

"재주는 다 부렸느냐?"

순간, 탁세웅은 두 어깨를 짓누르는 묵직한 압박감에 이를 으물며 등골을 타고 오르는 한 줄기 전율을 느꼈다.

'이럴 수가, 저것은 분명 마기다! 그것도 아주 짙고 무거운……!'

한편, 천공은 포강현에서 자행된 모든 패륜의 원흉인 탁세웅과 마주하자 살심이 솟구쳤다.

'탁세웅!'

마음 같아선 직접 그를 처단하고 싶었다. 하지만 안타깝게도 천마존에게 의지하고 맡길 수밖에 없는 처지였다.

[내가 허락한 시간은 일각 남짓이다. 잊지 않았겠지?]

　"이제 반각이 조금 지났을 뿐이다."

　[지금 몰래 축기를 행하고 있다는 걸 알고 있다. 괜한 시간 낭비 하지 말고 그를 처리해라!]

　"후훗, 빡빡한 놈 같으니……."

　그때, 대도를 가슴 앞으로 세운 탁세웅이 살기와 투기를 발산하며 물었다.

　"혼자서 뭐라 중얼거리는 것이냐? 네놈, 정체가 뭐지?"

　그러자 천마존이 뒷짐을 지며 조용히 미소를 지었다.

　"갈응문을 멸하고 네놈을 처단하란 부탁을 받았거든."

　"누가?"

　"곧 죽을 놈이 궁금한 것도 많구나."

　"곧 죽어? 으흐흐! 건방진……. 어디 네놈만 마기를 가지고 있는 줄 아느냐?"

　탁세웅은 그 말이 끝나기가 무섭게 내공을 한껏 이끌어 냈다. 그러자 그의 신형 위로 음침한 기운을 간직한 짙푸른 기파가 하늘하늘 타올랐다.

　천마존이 돌연 흥미롭다는 듯 눈을 가늘게 떴다.

　"마공이라……."

　천공은 내심 놀랐다.

'아니, 그렇다면 탁세웅이 새외 마인? 어찌 마도의 인물이 강호로 와 문파를 세울 수 있지?'

짙푸른 기파에 휩싸인 탁세웅이 득의에 찬 표정으로 이기죽거렸다.

"보아하니 너와 나의 힘은 비등한 수준이다. 그러니 굳이 힘 빼지 말고 나와 손을 잡자. 이깟 문파는 얼마든지 다시 세울 수 있으니까."

"비등해?"

천마존이 입꼬리를 씰룩이더니 제자리에 선 채로 우장(右掌)을 내질렀다.

슈우우욱!

장심으로부터 발출된 쾌속한 장력.

탁세웅은 피하지 않고 정면으로 맞서 대도를 힘차게 내리그었다.

꽈르릉!

장력과 대도가 부딪치며 굉음을 토하고…….

쩌저저저.

미세한 금속성이 일더니 대도의 날이 잘게 부서져 지면 위로 우수수 떨어져 내렸다.

탁세웅의 신형은 공세의 충돌로 인한 반탄지력에 십 보 뒤로 밀려난 상태였다.

천마존은 허공섭물로 칼날 조각 하나를 띄워 날렸다.

쐐애애액, 푸욱!

칼날 조각이 우측 어깨로 깊숙이 쑤셔 박히자 탁세웅의 안면이 흉하게 일그러졌다.

"크으윽……."

"지금부터다. 기대해라."

미소를 그린 천마존이 앞으로 걸음을 떼려는 찰나, 탁세웅은 대뜸 칼날 조각을 뽑아 던지며 호기롭게 외쳤다.

"감히 날 죽일 수 있을 것 같으냐!"

그 순간, 아주 놀라운 변화가 일어났다.

칼날 조각에 찔린 상처가 빠르게 아물기 시작한 것이다.

천마존의 낯빛이 살짝 굳었다.

'스스로 상처를 치유해?'

일백여 년을 살았지만 저러한 광경은 단 한 번도 본 적이 없었다.

실로 불가해한 현상.

흔히 운기요상(運氣療傷)을 통해 내상을 회복하는 경우는 있어도 칼에 찔린 깊은 외상을, 그도 심지어 단시간에 원상회복한다는 것은 유례를 찾아볼 수 없는 일이었다.

천마존의 손이 움직였다.

다시 한 번 확인할 필요가 있다고 판단했다.

허공섭물에 이끌린 칼날 조각 네 개가 화살처럼 바람을 갈랐다.

투학, 투하악!

탁세웅은 급히 장력을 쏘아 두 개를 막았지만, 나머지 두 개에 의해 그대로 좌우 옆구리에 구멍이 뚫렸다.

의복을 적시며 주르륵 흘러내리는 선혈.

"끄흐ㅇㅇㅇ……."

그는 머리를 부들부들 떨며 핏발이 선 눈으로 천마존을 매섭게 노려보았다.

살이 꿰뚫린 통증을 참기 힘든 듯 더없이 괴로운 표정이었다. 그런데…… 입술은 웃고 있다.

아나나 다를까, 관통을 당한 큰 상처가 조금 전과 마찬가지로 조금씩 아물고 있었다.

천공은 그 광경을 보며 놀라워했다.

[아니, 저건 무슨 마공이지?]

"내가 아는 범위엔 없는 마공이다."

천마존의 대답을 들은 천공은 왠지 모를 불길한 느낌이 들었다. 그것은 딱 꼬집어 말하기 힘든, 뭔가 모호한 느낌의 불길함이었다.

[네가 모르는 마공도 있나?]

"망할 새끼, 난 당장 네놈의 마공이 무엇인지도 모르거늘."

[그런 의미로 물은 게 아니잖아.]

"흥, 시끄럽다!"

천마존은 자신이 알지 못하는 마공 하나가 더 등장했다는 사실이 짜증나는 모양이었다.

그때, 천공이 결심한 듯 말했다.

[생각이 바뀌었다. 죽여라.]

"뭐?"

[아무래도 죽이는 것이 최선인 것 같다. 불구를 만든다 하더라도 언제 또다시 스스로를 치유해 거리를 활보할지 모르는 일이니까.]

"그래 봤자 개나 닭의 재주일 뿐이니라."

[방심은 금물! 반드시 죽여 없애라. 시간을 더 줄 테니…….]

"그것참 들던 중 반가운 소리로군."

[그래야 이곳 아이들이 저 악한 짐승이 퍼뜨려 놓은 악몽으로부터 완전히 벗어날 수 있을 것 같다.]

"고 계집애 얼굴이 머릿속에 아른거리는 게냐? 크흐흣, 좋다. 하나…… 쉽게 죽이진 않을 것이야."

어느덧 상처가 완벽히 아문 탁세웅은 날이 부서지고 없는 칼자루를 휙 던지며 거만한 미소를 지었다.

"후! 놀랐느냐, 애송이?"

천마존이 의미심장한 눈빛으로 목소리를 발했다.

"재미있는 능력을 가졌구나."

"아무렴, 네 따윈 감히 상상도 하지 못할 신비롭고 강력한 힘이다."

"그것은 무슨 마공이냐?"

그러자 탁세웅이 만족한 표정을 지었다.

"내 힘을 보더니 드디어 손잡을 맘에 생긴 모양이군. 이쯤에서 서로 솔직히 신분을 밝히도록 하자. 난 월영마가(月影魔家) 출신의 고웅(高熊)이다. 보다시피 지금은 중원 땅에서 호위호식하며 여생을 즐기는 중이지. 우후후후."

천공은 그 말을 듣고서야 앞서 불길한 느낌의 정체가 무엇 때문이었는지를 깨달았다.

'월영마가라면 육대마가! 허, 마도 세가 출신의 사악한 마인이 이렇듯 버젓이 중원을 활보하며 몹쓸 짓을 일삼고 있던 것인가!'

그는 새삼 항마조로 활약할 수 없게 된 지금의 현실이 개탄스러웠다. 절반의 힘만이라도 되찾았다면 이 자리에서 당장 멸마의 대업을 행했을 텐데.

천마존이 문득 마기를 갈무리하며 물었다.

"월영마가에 그러한 마공이 존재했나?"

이에 탁세웅, 아니, 고웅이 히죽 웃었다.

"훗! 이것은 월영마가로부터 배운 마공이 아니다. 상고의 보물을 이용해 어렵사리 얻은 새로운 힘이랄까?"

"상고의 보물?"

"미안하지만 그게 무엇인지는 아직 말해 줄 수 없다."

천마존이 불현듯 싸늘한 미소를 머금었다.

"여하간 스스로 터득한 힘이 아니란 말이렷다?"

"어이, 그게 중요한가? 자, 내가 신분을 밝혔으니 너도 신분을 밝혀라."

고웅의 말에 천마존의 미소가 한층 싸늘해졌다.

"오늘은 이 정도의 축기로 만족해야겠군. 크흐훗."

"축기?"

"기운을 보충했으니 다시 놀아 보자꾸나."

고웅은 심상치 않은 분위기를 느끼고는 신속히 예의 마기를 이끌어 냈다.

"놈! 기어이 나와 끝장을 보겠다고?"

천마존이 되레 물었다.

"네놈은…… 본좌가 누구라고 생각하느냐?"

그때.

쿠르르르르르릉!

이미 부서질 대로 부서진 지면이 다시금 요동을 치기 시작했다. 그와 동시에 시커먼 마기가 천마존의 신형을 휘감으며 맹렬한 돌풍을 일으켰다.

쿠쿠쿠쿠, 쿠쿠쿠쿠쿠—!

방원 이십 장의 공기가 만근 바위처럼 무거워지며 어마어마한 압력을 가해 왔다.

'웃! 엄청나다!'

놀란 고웅은 뒤로 거리를 벌려 서며 하단전의 내공을 극성으로 끌어 올렸다. 하지만 갈수록 마기의 압력이 커져 두 다리를 지탱하기가 힘들었다.

"크그극……! 개 같은……."

버티고 버티다가 결국 무리가 따른 것인지 양다리의 근육이 심한 경련을 일으켰다.

'으윽, 뼛속마저 저려 온다! 이토록 육중한…… 마기의 압력이라니……. 크흐웃……!'

고웅은 그제야 뭔가 일이 잘못되었음을 자각했다.

'마경이 선사한 미증유의 힘조차…… 그를 감당할 수 없단 말인가?'

순간, 뇌리로 죽립사내가 했던 말이 스쳐 지나갔다.

"그가 바로 천마존이다."

'놈의 말대로 어쩌면…… 아니다, 아니야! 절대 그럴 리가 없다!'

하지만 자신의 몸을 마구 옥죄는 이 엄청난 마기의 압력은 생전 천마존의 그것이라 해도 전혀 무리가 없을 정도였다.

"으아아압!"

우렁찬 기합과 함께 고웅의 전신으로부터 원형의 기파가 확 번졌다. 하단전이 뜨끔할 정도로 무리하게 운용한 발경으로 마기의 압력을 떨친 그는 들입다 쌍장을 내밀었다.

파아아아아—!

하나 그 회심의 장력은 천마존의 가벼운 손짓 한 번에 방향이 꺾여 저 먼 허공으로 사라져 버리고 말았다.

"허……."

고웅은 허탈한 한숨과 함께 이제껏 경험해 보지 못한 절망과 공포를 느꼈다.

천마존이 걸음을 떼며 말했다.

"크흐흐훗. 상고의 보물인지 고물인지, 참으로 하찮은

힘을 네놈에게 주었구나."

한 발짝씩 움직일 때마다 대기가 우르릉! 진동하며 지면이 어지러이 균열을 토했다.

흠칫한 고웅이 뒷걸음질 치는 찰나, 천마존의 신형이 불가해한 속도로 간극을 좁혀 전면에 우뚝 섰다.

퍼어억!

강맹한 권격에 가슴을 강타당한 고웅이 오 장 뒤로 세게 튕겨 나가 엎어지며 핏물을 왈칵 토했다.

"끄헉, 끄허억……."

심맥이 진탕되고 골이 흔들려 귓속에서 윙윙 소리가 마구 울렸다.

천마존은 눈 깜빡할 사이 고웅의 지척으로 운신해 와 발로 그의 두 정강이를 밟아 부쉈다.

꽈득, 꽈드득!

"으아아, 으아아아아!"

고웅은 뇌를 쑤시는 고통에 긴 비명을 내질렀다.

"어디 또 고쳐 봐라."

천마존의 그 말이 끝나기가 무섭게 부서진 뼈와 갈라진 살이 원상회복을 시작했다.

"네놈의 힘은 그것이 전부인가? 그럼 회복조차 못하게 갈라놓으면 어찌 될까?"

싸늘히 말한 천마존이 소매를 떨쳐 예리한 기파를 발출하자 뼈와 살이 꿈틀거리며 치유되던 정강이가 뭉텅 잘려 나갔다.

"끄아아아아아······!"

하나 거기서 끝이 아니었다.

팍, 파학! 써걱! 츄하아악!

섬뜩한 소리와 함께 고웅의 팔다리가 여러 조각으로 잘려 낙엽처럼 바닥을 나뒹굴었다.

"홋, 상처를 치유하는 힘으로 본좌와 맞서겠다고? 그 따위 것, 신체 부위를 멸해 버리면 그만이지."

천마존이 팔을 한 번 휘젓자 절단된 팔다리 조각들이 허공으로 떠올라 잘게 부서져 가루로 화해 흩어졌다.

그는 뒤이어 허공섭물을 이용해 고통에 몸부림치는 고웅을 자신의 앞으로 둥실 띄워 올렸다. 그러자 절단된 부위에서 핏물이 줄줄 쏟아졌다.

푸우욱.

복부에 깊숙이 쑤셔 박힌 손날.

"꺼허······! 꺼허어······!"

지독한 고통 앞에 고웅은 숨조차 제대로 쉴 수 없었다.

천마존은 손속에 인정사정을 두지 않았다. 그는 복부에 손을 박아 넣은 채로 열력(熱力)의 마기를 발출해 내장을 태워 없앴다. 이에 사지가 절단된 고웅이 퍼덕퍼덕 경련을 일으키며 긴 비명을 내질렀다.

문뜩 천마존의 동공이 이채를 발했다.

"절단된 곳이 또 서서히 아물고 있군. 크흐흣, 이대로 치유 되면 꼴이 참으로 볼만하겠어. 일생을 팔다리 없는 병신이 되어 살 테니. 이봐, 놈을 죽이자는 생각엔……아직 변함이 없느냐?"

천공은 한 치의 망설임도 없이 단호하게 말했다.

[그렇다.]

그때, 고웅이 한없이 꺼져 가는 목소리로 물었다.

"커어, 끄허어…… 다, 당신은…… 누구……?"

"월영마가가 기르던 개라면 이것이 대답이 되겠군."

천마존이 시커먼 마기를 피워 올리자 곧 거대한 마신의 형상이 머리 위로 솟구쳤다가 체내로 사라졌다. 동시에 마기의 압력이 한층 거세지며 사위를 진동시켰다.

"처…… 처…… 천마…… 신공……? 끄흐으으……."

"눈깔까지 썩은 놈은 아니었구나."

"끄그극……. 왜…… 천마…… 존…… 그…… 그대가…… 왜 나를……?"

"아이들."

"꺼허…… 아…… 이…… 들……?"

천마존의 얼굴 위로 살기 어린 미소가 떠올랐다.

"그래. 마을의 아이들이 네놈을 반드시 죽여 달라 부탁했느니라."

"그…… 그런……. 꺼억……."

"악의 열매가 무르익기 전엔 악을 행한 자도 행복할 수 있지만, 무르익고 나면 결국 불행과 만나는 법이지."

"꺼어어, 꺼어어……."

"크크큭, 내 말이 아니다. 머릿속에 있는, 파문당한 땡추가 그렇게 전하라는군."

"끄으윽…… 무…… 무슨……?"

천마존은 돌연 그 턱을 덥석 잡더니 아래로 세차게 당겨 찢어 버렸다.

"아가리의 악취가 심하다. 자, 이만 가거라. 화끈하게 승천시켜 줄 테니."

그는 무형지기를 이용해 고웅을 허공으로 높이 던지더니, 강맹한 마기가 압축된 좌장(左掌)을 쭉 뻗었다.

쿠아아아아아―!

장심으로부터 발출된 시커먼 기류는 곧 거대한 마귀의 이빨로 변해 고웅의 몸을 단번에 집어삼켜 형체도 없이 사라지게 만들었다.

천마존이 이내 마기의 압력을 거두어들이자 다시 고요

한 정적이 공간을 메우고 들었다.

천공은 비로소 마음의 짐 하나를 덜어 낸 기분이었다.

'이것으로 끝이 났구나. 청아, 이젠 안심하거라. 앞으로 갈응문의 패악한 무리가 널 괴롭힐 일은 절대 없을 테니까.'

소매를 툭툭 턴 천마존이 물었다.

"크크크, 네놈이 보기엔 어떠냐? 내 악의 열매는 무르익은 것이냐, 아니면 행복해질 여지가 남은 듯싶으냐?"

[네 스스로가 더 잘 알겠지.]

"법구경(法句經)에 있는 말인가?"

[잘 아는군.]

"흥, 망할 새끼. 아마 나더러 새겨들으라고 지껄인 소리겠지? 아무튼 맘에 안 드는……."

순간, 천마존이 말을 끊고 허공으로 시선을 던졌다.

"음?"

[저것은…… 뭐지?]

방금 전, 고웅이 죽어 없어진 허공 지점에 푸르스름한 빛을 띤 투명한 구체가 둥실 떠 있는 것이 보였다. 그 구체는 곧 기다란 잔상을 남기며 빠르게 어딘가로 향했다.

북쪽 전각.

분명 그 방향이었다.

"이거, 호기심을 자극하는군. 가 볼까?"

[너부터 제자리로 돌려놓고.]

"큭⋯⋯. 놈, 조금 더 시간을 다오!"

[안 될 소리!]

천마존이 느닷없이 품에서 뭔가를 꺼내 들며 협박했다.

"내 이걸 당장 없애 버릴⋯⋯ 크웃, 아⋯⋯ 안 돼!"

그렇게 신형이 한차례 부르르 떨리며 서로의 심혼이 자리를 바꿨다.

[크윽, 이런 망할⋯⋯! 없앨 수 있었는데!]

천공은 그런 천마존의 전성을 무시한 채 자신의 손에 들린 대환단을 바라보았다.

'휴, 하마터면⋯⋯.'

그러곤 조심스럽게 주머니에 갈무리하며 꾸짖었다.

"교활하군! 감히 대환단을 없애려 하다니!"

[제기, 다음번엔 잘 숨겨 놓는 것이 좋을 게다! 두고 봐라, 네놈은 결코 예전의 힘을 되찾지 못할 것이야! 그 대환단도 처먹을 수 없을 것이고!]

'아무튼 이 늙은 마귀를 상대론 방심해선 안 돼.'

천공은 고개를 절레절레 흔들며 북쪽 전각으로 내달렸다.

*   *   *

죽립사내는 신밀한 보법을 전개해 북쪽 전각 안으로 든 후 푸른 구체를 뒤따랐다.

'저 영기(靈氣)가 마경이 있는 곳으로 안내할 것이다.'

이윽고 푸른 구체는 고웅이 기거하던 내실 안을 한 바퀴 빙그르르 돌더니, 이내 바닥을 통과해 사라졌다.

'지하 밀실이 있는 모양이구나.'

그는 곧 내실 이곳저곳을 빠르게 살폈다. 그러다가 대리석 탁자 밑에 은색 고리가 교묘히 감춰진 것을 발견했다.

덜컥.

고리를 잡아당기자 우측의 바닥이 좌우로 드르륵 열리며 아래로 이어진 계단이 나타났다.

죽립사내는 즉각 밑으로 향했다. 거기엔 평소 고웅이 숱한 악행을 일삼으며 긁어모은 금은보화가 가득 쌓여 있었다. 하지만 그의 관심사는 오직 마경뿐이었다.

한참을 뒤지다가 어느 순간 쇄금 장치가 된 목갑 하나가 동공에 크게 들어와 박혔다. 이곳에 보관된 수십 개의 목갑들 중 유난히 낡아 보이는 목갑이었다.

뭔가를 직감한 죽립사내가 뚜껑을 와작! 뜯어내자 그

안에 석경(石鏡) 한 개가 들어 있었다.

지름이 오 촌(寸) 정도 되는 크기의 석경.

거무스름한 석경의 표면엔 한눈에 보기에도 섬뜩한 마귀와 의미 모를 문자, 도형들이 정교하게 음각되어 으스스한 기운을 물씬 풍겼다.

'드디어 찾았다! 마경!'

죽립사내는 얼른 마경을 천으로 감싸 허리에 묶고 지하밀실을 빠져나온 다음 고리를 당겨 입구도 감췄다. 그런데 그때, 품속의 마령옥이 돌연 미세한 떨림을 발했다.

'엇! 천마존……?'

5장
마경(魔鏡)

우우우웅—

마령옥의 진동 간극이 점점 빨라졌다.

죽립사내는 황급히 내실을 나와 길게 뻗은 복도를 따라 보법을 밟아 나갔다. 그런데 채 열 걸음도 옮기지 못하고 신형을 우뚝 멈춰 세웠다.

등불이 걸린 복도 끝 모퉁이 너머로 아른거리는 사람 그림자.

'아뿔싸! 전각 밖에 이른 것이 아니라 벌써 안으로 들었구나! 하필 이런 때 마령옥이 또 시간 차를 두고 반응했단 말인가.'

마령옥을 과신한 자신의 불찰이었다. 애초 그 힘이 불

안정하단 사실을 모르지 않았는데…….

앞서 천마존과 이십 장 정도 떨어진 지점에 자리했을 때 마령옥이 제대로 반응을 했기에 저도 모르는 사이 방심이 깃들고 말았다.

그는 복도 벽면의 커다란 격자창(格子窓)들을 힐금 보며 고민했다.

'창을 부수고 도망칠까? 그 즉시 기척을 들키겠지만 월흔마보(月痕魔步)를 극성으로 펼치면 어떻게든 따돌릴 수…….'

하지만 곧 뜻을 접었다.

상대는 다름 아닌 마도무림 최강의 천마존. 현재 자신의 능력으론 결코 감당할 수 없는 존재였다.

제아무리 일신의 장기인 월흔마보를 극성으로 펼친다 하더라도 상대의 초절한 무위를 감안하면 멀리 못 가 따라잡히고 말 것이 분명했다. 또 섣불리 월흔마보를 전개했다가 상대가 그걸 보고서 월영마가의 사람임을 알아차린다면 일이 더 피곤해질 터였다.

천공과 천마존 사이의 비밀을 알지 못하는 그로선 당연한 걱정이리라.

죽립사내는 최대한 기척을 죽이고 예의 내실로 도로 발을 들였다.

'생각해라, 생각해라. 뭔가 좋은 수가 있을 것이야.'

빠른 판단을 요구로 하는 상황이었다.

호흡지간 두 눈이 반짝하고 이채를 머금었다.

'가만, 무슨 이유인지 모르나 천마존은 갈응문과 고웅에게 모종의 앙심을 가지고 있는 듯했다. 그렇다면…….'

멀찍이 숨어 상황을 지켜본 터라 그들의 대화를 듣진 못했지만, 일련의 분위기가 분명 그랬다.

'……꼴사납지만 연극을 하는 수밖에!'

무조건 살고 볼 일이었다. 그래야 겨우 손에 넣은 마경을 월영마가로 무사히 가지고 돌아갈 수 있을 테니까.

죽립사내는 잽싸게 마령옥을 꺼내 힘껏 움키더니 내력을 운용했다. 그러자 검은 아지랑이가 소멸하며 진동이 뚝 그쳤다.

그는 마령옥을 품속 좀 더 깊숙한 곳으로 밀어 넣어 감추곤 보자(褓子) 한 장을 챙겨 탁자 밑의 고리를 당겼다.

드르르륵.

직후 부리나케 지하 밀실로 향해 자잘한 금은보화를 손에 잡히는 대로 보자 위에 마구 쓸어 담기 시작했다.

'치익, 모양새가 우습군. 명색이 가(家)의 장(將)인 내가 도둑 행세까지 하게 되다니…….'

초월마장(初月魔將) 달지극(達至克).

월영마가 내 중직인 호가팔장(護家八將)의 한 명.

그것이 바로 죽립사내의 진정한 신분이었다.

호가팔장은 총관(摠官), 삼태사(三太師) 등과 더불어 월영마가를 대표하는 가신(家臣)들이다. 또 저마다 특징이 다른 독문 절기를 몇 가지씩 지닌 가내 일류 고수들이기도 했다.

그런 호가팔장에 속한 인물이 이렇듯 굴욕적인 거짓 연극을 해야 할 정도로 천마존은 공포의 대상이었다.

감히 대적할 생각조차 할 수 없는 마의 하늘과 같은 존재. 그것이 바로 천마존이란 존재였다.

게다가 달지극은 현재 천마존이 탈태환골, 반로환동의 경지까지 이룬 것으로 착각하고 있었다. 그렇기에 다른 어느 때보다 두려움이 컸다.

하기야 단순히 겉모습만 놓고 보면 어느 누구라도 예외 없이 그리 여겼을 것이다.

마침내 계단 위쪽으로부터 천공의 음성이 들렸다.

"그 밑에 누구요? 신분을 밝히시오."

달지극은 마른침을 꿀꺽 삼켰다.

'후우우…… 드디어 왔구나, 천마존!'

살면서 이런 긴장감은 처음이었다.

'지금부터 절대 몸 밖으로 마기를 드러내면 안 된다!

각별히 주의하자!'

기실 천마존과 같은 희세의 마인 앞에서 본연의 마기를 감춰 눈속임을 시도하는 것은 위험천만한 일이었다.

하나 달지극은 그것 하나만큼은 자신 있었다. 어릴 때부터 마기를 완벽히 숨기는 수련을 꾸준히 해 왔기에. 이번 잠행 임무도 가주로부터 그 재주를 인정받아 맡게 된 것이다.

그는 즉각 묵직한 보자를 어깨에 짊어지고 조심스럽게 계단 쪽으로 향했다.

출입구를 가로막고 선 천공은 그림자와 함께 모습을 드러낸 상대를 내려다보며 엄중한 표정으로 말했다.

"신분을 밝히라고 했소."

달지극은 얼른 그 자리에 납작 엎드렸다.

"소협, 부디 진정하시오! 난 이곳 문도가 아니오."

천공은 그런 달지극의 기도를 유심히 살폈다. 심법 운용 외엔 내공을 쓸 수 없어 예전처럼 탁월한 기감을 발하긴 힘들었지만, 날선 육감을 이용해 상대의 기도를 파악하려 노력했다. 그러다가 바닥을 짚은 손등을 주시했다.

'저 굳은살……. 오랜 세월 무공을 익힌 자다. 역시 무인이었구나.'

천마존 또한 그것을 보았다.

[후훗. 저놈, 무슨 속셈인지 모르나 일신의 기도를 잘 단속해 감추고 있군. 갈응문 소속은 아닌 듯싶지만, 그렇다고 평범한 도둑놈으로 보기엔 무리가 있다. 자칫 위험에 빠질 수도 있으니 내게 다시 몸을 맡겨라! 네 몸을 이용하면 단번에 놈의 기도를 파악할 수 있으니까.]

방금 전까지 대환단을 없애려 한 주제에 정말이지 뻔뻔스러운 요구다.

'이 늙은 마귀는 참 한결같구나.'

전성을 한 귀로 흘린 천공이 예리한 눈빛으로 물었다.

"정말 갈응문 소속이 아니오?"

"저, 절대 아니오! 이걸 보시오!"

고개를 세차게 흔든 달지극이 소매를 한껏 걷어 올려 어깨를 훤히 드러내 보였다.

'갈응문 고유의 문신이 없다.'

그것을 본 천공은 다소 안심이 되었다. 그래도 만일을 대비해 경계를 늦추진 않았다. 그는 이미 이욱을 통해 한차례 교훈을 얻은 터였다.

일편, 달지극도 마찬가지로 마음이 좀 놓였다. 다짜고짜 살초를 뿌리면 어떡하나 노심초사했는데, 갈응문 문도가 아님을 증명해 보이자 상대의 표정이 약간 풀린 듯했기 때문이다.

'예상대로 천마존은 갈웅문 소속 무인들만 죽이려 했던 모양이구나. 휴우, 다행이다.'

천공이 출입구 옆쪽으로 비켜서며 손짓했다.

"일단 올라오시오."

달지극은 눈치를 살피며 내실로 나왔다. 그러곤 죽립을 벗어 자신의 얼굴을 드러냈다.

천공이 시선을 똑바로 마주하며 물었다.

"투도(偸盜)가 업이오?"

달지극은 속으로 겁이 났지만 두 눈에 힘을 잔뜩 주어 그 눈길을 피하지 않았다.

"아니오. 내 이래 봬도 이십 년 이상 무공을 익힌 무인이외다."

솔직한 대답에 천공은 속으로 중얼거렸다.

'태도로 보아 나쁜 인물은 아닌 것 같은데……. 그렇지만 신뢰할 단계는 아니다.'

대뜸 달지극이 물었다.

"탁세웅도…… 소협 손에 죽은 것이오?"

"그렇소."

"대단하구려. 정말 큰일을 하였소. 다들 그 패악한 놈이 죽어 없어지길 바랐는데……."

그 소리에 천공이 마음을 조금 열고 물었다.

"뭔가 깊은 사연이 있소?"

이에 달지극이 짐짓 눈빛을 무겁게 만들며 말했다.

"난 포강현 외곽지에 살고 있는 달범(達凡)이라 하오. 과거 탁세웅의 무자비한 칼 아래 폐문을 당한 옥무문(玉武門)의 유일한 후인이라오. 아마 소협은 처음 듣는 명일 게요."

천공은 듣자마자 대충 감이 왔다.

'아, 사문의 일로 고웅 일당에게 악감정을 가지고 있던 사람이구나. 어쩐지…….'

"나는 한 달 전부터 갈웅문 내로 비밀리에 잠입하기 위해 준비를 해 왔소. 그리고 오늘, 죽음마저 각오하고 탁세웅이 총회 연설로 처소를 비우는 틈을 노려 그간 온갖 악행으로 벌어들인 재산을 훔치기 위해 발을 들인 것이라오. 그런데 북쪽 담장을 넘어 발을 들였을 때, 뜻밖의 광경을 보게 되었소. 바로 소협이 난생처음 보는 무시무시한 무공으로 저들을 학살하는 광경을……."

그러곤 어깨에 멘 묵직한 보자를 살짝 흔들어 보였다.

"보다시피 소협 덕분에 일이 수월했소."

"그것은 사문 재건을 위해 훔친 것이오?"

달지극이 고개를 가로저었다.

"소협도 알고 있는지 모르겠지만, 포강현은 지난 십 년 동안 갈응문의 포악스러운 행패로 인해 힘없고 가난한 사람들은 아예 살 수 없는 곳이 되고 말았소. 그래서 사문 재건은 둘째 치고 어려운 그들을 돕고자 이런 치졸한 도둑질을 계획하게 된 것이라오. 현재 내 능력으론 이것이 최선이었소."

거짓말에 제법 재능이 있는 듯했다.

달지극 자신도 그런 거짓말에 내심 흡족해했다.

'목숨이 달린 일이라 그런가, 막상 그와 마주하니 미리 생각지도 않은 말들이 술술 나오는군.'

천마존이 김이 샌다는 투로 중얼거렸다.

[젠장! 쫄딱 망한 삼류 문파 출신의 의적이라니, 재미 없게 됐군! 뭔가 일이 터지길 기대했거늘.]

천공은 문득 양팔을 들어 앞으로 움직였다.

'앗!'

움찔 놀란 달지극이 본능적으로 반보 뒤로 물러섰다.

천공을 천마존이라 여기고 있었기에 그 작은 동작에도 지레 겁을 먹은 것이다.

이내 손을 모아 포권을 취한 천공은 연장자에 대한 예를 갖추어 말했다.

"앞서 제 무공을 접하고 괜한 두려움을 가지신 모양이 군요. 전 명분도 없이 살인을 즐기는 사람이 아닙니다.

그러니 안심하십시오."

그 정중한 언행에 달지극은 의아함이 일었다.

'세상에, 천하의 천마존이 포권지례를 하다니, 그에게 저런 면도 있었단 말인가!'

앞서 본 천마존과 지금 눈앞에 선 천마존은 완전히 다른 사람 같았다. 흡사 인격 자체가 확 바뀐 듯한 느낌이었다. 그러나 일절 내색하지 않고 침착하게 입을 열었다.

"내 사정을 모두 밝혔으니, 이번엔 소협의 진솔한 이야기를 들려주시오."

"저는 천공이라고 합니다. 개인사가 얽혀 있어 사문은 밝힐 수 없으니 아무쪼록 양해를 바랍니다."

'뭐? 천공이라고? 허어……'

달지극은 어이가 없었지만 정신을 집중해 눈빛과 표정을 관리했다.

"소협 또한 사연이 있는 듯하구려. 나이를 초월한 그 가공할 무위는 제쳐 두고라도, 대체 어떤 원한이 있기에 그들을 모조리 죽인 거요? 보아하니 이곳 출신도 아닌 듯싶은데."

"사실 제가 갈응문을 찾은 이유는……."

천공은 차분한 목소리로 소청과 관련한 일을 소상히 알려 주었다.

이야기를 다 듣고 난 달지극은 머릿속이 혼란스러웠다.

'아니, 한낱 길거리 소녀를 불쌍히 여겨 갈응문을 멸하기로 마음먹었다고? 내가 알던 천마존이 맞긴 한 건가? 게다가 아까부터 저 공손한 말투는 도무지 적응이 안 되는군.'

납득이 가지 않는 점이 한두 가지가 아니었다.

천공이란 가명으로 신분을 위장해 중원을 유랑하는 것도 그렇거니와, 새외의 그 어떤 마인보다 마심이 깊은 자가 어쭙잖은 협도를 행한 것, 또 인격이 바뀐 듯 불자나 식자처럼 예의 바르게 구는 것 등등 모든 것이 선뜻 이해하기 힘든 부분이었다.

'나중에 가주께 보고를 드리면 과연 믿으실까?

다른 한편으론 긴장감이 더 높아졌다. 혹시 자신을 떠보기 위해 일부러 저런 식으로 나오는 것은 아닐까, 하는 의구심 때문이었다.

'좌우지간 위험한 고비는 넘긴 것 같으니 대화를 자연스럽게 마무리하고 어서 떠나도록 하자.'

달지극은 일부러 감격한 표정을 지어 보였다.

"천 소협, 참으로 대견하오. 실로 의협 중에 의협이오. 아무튼 천 소협이 이렇듯 직접 나서 주어 나를 포함한 수많은 사람들이 묵은 원한을 풀게 됐소이다. 이 고마움을 무엇으로 보답하면 좋겠소?"

천공은 보답을 바라고 한 일이 아니라며 점잖게 손사래를 쳤다. 그는 도리어 달지극의 선심에서 우러난 행동을 칭찬해 마지않았다.

'훗, 살다 살다 천마존으로부터 이러한 칭찬을 듣게 되는 날이 올 줄이야. 기분이 묘한걸?'

그때, 천공이 내실을 둘러보며 물었다.

"혹시 푸르스름한 빛을 발하는 투명한 구체를 못 보셨습니까?"

달지극은 내심 뜨끔했지만 시치미를 뚝 뗐다.

"못 봤소. 그게 무엇이오?"

"아닙니다. 신경 쓰지 마십시오."

천공은 그 말과 함께 눈썹을 살짝 찌푸렸다.

'희한하군. 분명히 전각 쪽을 향한 것 같았는데, 어디로 사라졌지?'

슬그머니 눈치를 본 달지극은 이제 그만 벗어날 때가 되었다고 판단했다.

"천 소협, 관부 사람들이 들이닥치기 전에 어서 이곳을 빠져나가는 것이 좋겠소."

"그러지요. 참, 한 가지 부탁을 드려도 되겠습니까?"

"말해 보구려."

"절대 비밀로 해 주십시오."

오늘 자신이 한 일을 다른 사람에게 말하지 말란 뜻이었다.

"아무렴, 갈웅문의 손아귀로부터 포강현을 해방시켜 준 은인인데 설마 그 정도 부탁도 못 들어주겠소?"

그렇게 대답한 달지극은 서둘러 내실 밖으로 향했다.

'후훗, 이제 끝났구나. 호랑이 굴에 들어가도 정신만 똑바로 차리면 살 수 있다더니…….'

그런데 천공이 돌연 그를 급히 불러 세웠다.

"잠깐!"

달지극이 화들짝 고개를 뒤돌렸다. 심장이 덜컥해 하마터면 본연의 마기까지 드러낼 뻔했다.

"왜, 왜 그러시오, 천 소협?"

천공이 탁자 서랍을 뒤져 보자 한 장을 꺼냈다.

"차후 관부에서 저 지하 밀실의 금은보화를 압류해 갈 것이 뻔한데, 조금 더 챙기시는 게 어떨까요? 어려운 사람들을 돕고자 하신다면 한 푼이라도 더 많은 것이 좋지 않습니까?"

"아……. 그래, 그 말이 맞소."

달지극은 뛰는 가슴을 진정시키며 안도했다.

'휴우, 간 떨어지는 줄 알았다.'

그와 동시에 애써 지운 여러 가지 의문이 다시금 꼬리에 꼬리를 물었다.

기껏 부활해 놓고 왜 중원을 떠돌며 이렇듯 선행을 베푸는 걸까? 새외로 가 천마교를 다시 일으켜 세울 뜻은 없는 걸까? 혹시 탈태환골과 반로환동을 거듭 이루며 내면에 어떤 큰 변화가 인 걸까?

이해할 수 없는 의문들이 한가득하다.

'고융을 죽일 때의 그 패도적인 기세는 영락없는 천마존이었는데……. 흐음, 판이한 것도 어느 정도가 있지. 이건 도대체가…….'

천공은 어느새 지하 밀실 계단을 밟아 내려가고 있었다.

"뭐 하십니까?"

"아, 알았소! 지금 가오."

퍼뜩 상념을 접은 달지극이 마지못해 그를 뒤따랐다.

반 각 후.

두 사람은 각자 묵직한 보자를 하나씩 어깨에 짊어지고 전각 밖으로 나왔다. 그러자 사위를 감싼 역겨운 혈향이 콧속을 쏘고 들었다.

달지극은 저 멀리 광장을 가득 메우고 있는 시신들을

보며 슬그머니 인상을 찌푸렸다.

'다시 봐도 끔찍하군.'

제아무리 이, 삼류를 상대했다지만, 반 각 남짓한 짧은 시간 안에 무려 팔백여 명을 모조리 쓸어버리는 것은 아무나 뽐낼 수 있는 무위가 아니었다.

육대마가의 가주들이나 중원 강호의 십대무신 정도라면 모를까, 아마 다른 고수들은 비슷한 흉내도 버거울 것이다.

'더 이상 시간을 끌면 좋지 않다. 내공을 이용해 마령옥을 강제로 재워 두긴 했지만 언제 다시 깨어나 반응을 보일지 예측하기 힘드니…….'

잠시 후, 북쪽 담장에 이른 달지극은 초조한 마음을 누르며 곁의 천공을 향해 잠잖게 작별을 고했다.

"천 소협, 부디 강녕하시오."

천공이 자신이 짊어지고 있던 보자를 건넸다.

"좀 무거울 텐데, 괜찮겠습니까?"

"허허, 내 비록 내공은 미천해도 완력은 남다르니 걱정할 필요 없소. 그럼, 이만 가 보리다."

"살펴 가십시오. 그리고…… 앞으로도 곤궁에 처한 사람들을 위해 힘써 주시기 바랍니다."

"여부가 있겠소."

달지극은 빙그레 웃으며 담장 너머로 보자 두 개를 휙 던졌다. 이젠 제 몸만 넘어가면 될 일이었다.

그런데 그때.

우우웅—

별안간 귓전에 희미하게 와 닿는 진동 소리.

달지극은 낯빛이 사색이 되어 그 자리에 얼어붙었다.

'아! 하필이면……'

천공이 의아한 표정으로 달지극을 보며 물었다.

"달 대협의 옷 속에서 나는 소리 아닙니까?"

"마, 맞소. 실은……"

저도 모르게 떨리는 목소리.

일순 천공은 피부로 와 닿는 칙칙한 기운을 느꼈다.

'아니! 마기?'

천마존도 퍼뜩 눈치를 챘다.

[호오, 이것 봐라? 실체를 감추고 있었군.]

마령옥의 갑작스런 반응에 당황한 달지극이 그만 체외로 약간의 마기를 드러내 버린 것이었다.

천공은 신속히 뒤로 삼 보 물러서며 날카로운 눈빛을 머금었다.

"마공을 익혔나?"

"소, 소협! 지…… 진정하구려!"

달지극은 감히 맞설 생각은 하지도 못한 채 변명을 떠올리기 바빴다. 하지만 머리가 뜻대로 굴러가지 않았다.

"옥무문이니, 달범이니, 전부 거짓말이었군! 정체를 밝혀라!"

천공이 소리치는 찰나, 천마존이 전성을 발했다.

[가만…… 저것 혹시 마령옥인가?]

"마령옥?"

천공의 그 나지막한 소리에 달지극은 숨이 꽉 막히고 눈앞이 캄캄해졌다.

'아아……! 그가 대번에 알아보았구나!'

상대는 아무런 기운도 내뿜지 않았는데, 천마존이란 존재를 너무 의식한 나머지 심기(心氣)가 크게 흔들린 것이었다.

쿵덕, 쿵덕, 쿵덕!

달지극의 심장이 격한 풀무질을 해 대며 위기감을 고조시켰다.

'이대로 천마존의 손아래 죽고 마는 건가?'

그러다가 문득 자신의 허리에 걸려 있는 마경을 보자 정신이 번쩍 들었다.

'그래, 정신 차리자! 내 임무는 여기서 개죽음을 당하는 것이 아니라 본가로 어떻게든 마경을 가지고 가는 것

이다!'

잠시간 죽음의 공포에 사로잡힌 이성이 비로소 겨우 제자리를 찾았다. 물론 두려움이 다 사라지진 않았다. 애당초 쉽사리 떨칠 수 있는 종류의 두려움이 아니었다.

'천마존과의 거리가 너무 가깝다. 어떡하지? 그가 선공을 하기 전에 먼저 기습하는 게 좋을까?'

달지극은 그 생각과 함께 즉각 내공을 운용했다. 그러자 반경 일 장의 지면과 대기가 가볍게 떨렸다.

츠츠츠츠츠.

신형 위로 사납게 피어오르는 짙푸른 기파. 매우 혼탁하고 음침한 마기였다.

그것을 본 천공의 안색이 일변했다.

'고웅의 것과 동류의 마기다! 그렇다면 저자도 월영마가의 마인……? 으윽.'

마기가 번져 나오자 저릿저릿한 감각이 전신을 휘감고 들었다. 달리 내공을 쓸 수 없는 몸이니 당연한 현상이었다.

[보아하니 마령옥을 지닌 것이 확실하다. 아마도 본 교가 괴멸했다는 소식을 듣고 그곳을 뒤져 지하의 비마고(秘魔庫)를 찾아낸 모양이군. 마령옥은 본 교의 신물로, 오직 천마신공의 전승자에게만 반응을 하지. 그러니까 저

놈은 지금 네놈을 본좌로 착각하고 있는 것이다. 크크큭! 이것참, 웃긴 상황이구나.]

'날 천마존이라 여기고 있다고? 과연, 그래서 선뜻 손을 쓰지 못하고 있는 것이로군. 잠깐만, 그렇다면…….'

천공은 불현듯 그 점을 이용해 보자는 생각이 들었다.

잘만 이용하면 이 위기를 넘기고, 또 월영마가의 저의까지 확인할 수 있을지도 모르니까.

사실 천마존의 힘을 빌리긴 힘든 상황이었다.

불완전한 심법으로 연속해 심혼의 자리를 바꾸는 것은 어떤 무리를 가져올 가능성이 크고, 게다가 천마존이 대환단을 어떻게 할지 모르기 때문에 그 방법은 일절 배제할 수밖에 없었다.

반면, 천마존은 절호의 기회다 싶어 호기롭게 외쳤다.

[어이, 내가 상대하마! 그리 애쓰지 말고 어서 심법을 거둬라.]

'고양이한테 생선을 맡기라고?'

[혹시 대환단이 걱정돼 망설이는 게냐? 크흐흣, 어차피 하나는 포기해야 될 상황이니라. 자, 선택해라! 목숨이냐, 대환단이냐?]

'난 둘 다 지킬 것이다!'

[안 그러면 당장 대환단을 복용하고 심혼을 바꾸면 되

지 않느냐. 뭐, 기로를 넓히지 못한 상태라 별 효능이 없을 테지만…… 크큭.]

천공은 듣기 싫은 듯 눈살을 찌푸리며 달지극을 향해 나지막이 물었다.

"월영마가 소속인가?"

"그렇소, 천마존……. 솔직히 그 모습을 보고 많이 놀랐소. 환생과 함께 탈태환골, 반로환동까지 이뤘을 줄은 예상 못했으니까."

천마존이 재미있다는 듯 크게 웃었다.

[크하하핫! 뭐라? 저놈, 아주 큰 오해를 하고 있구먼.]

천공이 짐짓 여유롭게 뒷짐을 졌다.

그에 달지극의 눈빛이 작은 파문을 일으켰다.

'뒷짐을 져? 치익, 나 정도는 얼마든지 자신이 원하는 때에 죽일 수 있다는 의미로구나.'

상대를 천마존이라 여기고 있으니 그런 해석이 나왔다.

천공은 짙은 마기의 압력 때문에 온몸이 저릿했지만 뒷짐을 진 두 손을 굳세게 마주 잡으며 사력을 다해 참았다. 그러곤 천마존처럼 거만한 투로 물음을 던졌다.

"살고 싶은가?"

"이 세상에 죽고 싶은 사람이 어디 있겠소?"

"좋아, 살려 주지."

그 말에 달지극의 눈이 퉁방울처럼 휘둥그레졌다. 이는 전혀 예상치 못한 뜻밖의 전개였다.

"지, 진심이오?"

"단, 본좌가 묻는 말에 솔직히 답을 하면."

"믿어도…… 되겠소?"

"보다시피 난 아직 마기를 드러내지 않았다. 충분한 답이 된 것 같은데?"

그때, 천마존이 발끈했다.

[갈! 영악한 놈 같으니! 감히 내 행세를 해? 괜한 수작 부리다가 낭패 당하지 말고 심법을 거둬라!]

천공은 그를 무시한 채 다시 입을 열었다.

"네가 선택하라. 어찌할 것인가?"

달지극은 눈알을 데굴데굴 굴리며 잠시간 갈등했다.

'기습을 가한 후 도망칠까, 아니면 눈 딱 감고 그를 믿어 볼까? 왠지 날 풀어줄 것도 같은데……. 오늘 그의 언행을 놓고 보면 정의로운 협사(俠士)가 따로 없으니까.'

그러다가 이내 그의 뜻에 응하기로 했다.

"좋소, 물어보시오."

"일단 그 마기부터 거두라."

"미안하지만 그럴 순 없소. 솔직히 당신이 마음만 먹으면 창졸간에 살초를 펼 수 있으니, 나도 그에 대한 방비는 해야 되지 않겠소?"

'역시 녹록치 않구나.'

천공은 내심 실망했지만 내색하지 않고 여유로운 태도를 유지했다.

"미리 경고하건대, 본좌 앞에서 갑자기 등을 돌려 달아나는 짓은 하지 마라."

등을 보이는 순간 저승길로 향하게 될 것이란 뜻이었다.

제법 천마존다운 말투에 달지극은 식은땀을 흘리며 고개를 끄덕거렸다.

"말귀를 잘 알아듣는군."

천공은 일부러 사악한 미소를 머금었다. 반면, 천마존은 속이 부글부글 끓었다.

[제기랄, 저 멍청한 놈! 속지 마라! 이 새끼는 한낱 파문당한 힘없는 땡추이니라! 크으윽. 천공, 네 기어이 또 똥고집을 부린단 말이지!]

전성을 외면한 천공이 턱짓을 하며 물었다.

"품속에 있는 마령옥은 어떻게 얻었지?"

"폐허가 된 천마교 지하의 창고에서 가지고 나온 것이오."

"이유는?"

"우리의 원래 목적은 천마교의 마공 비급을 손에 넣는 것이었소. 한데 그 지하 창고를 찾아 발을 들였을 때, 그곳에 보관된 마혼석등(魔魂石燈)이 갑자기 환하게 불을 밝혔소. 그래서 알았다오. 그대가 환생했다는 사실을……."

천공은 마혼석등에 대해 처음 들었지만, 대충 짐작은 갔다.

'마혼석등? 옳아, 천마존의 생사나 현 상태를 알려 주는 물건인 모양이구나.'

달지극이 말을 이었다.

"그 때문에 수십 개의 마령옥을 전부 챙겨 나왔소. 그것을 지니고 있으면 당신의 위치를 파악할 수 있으니까. 차후 우리가 지하 창고를 뒤졌다는 사실을 그대가 알게 되면 분명 진노해 습격을 가할 것이라 여겨 그 일을 대비했던 것이오. 하지만 이것 하나는 분명히 말하리다. 그 지하 창고엔 우리가 원하는 비급이 없었소. 솔직히 그대가 죽었다고 여겨 행한 일이지, 이렇듯 환생을 할 줄 알았다면 감히 그곳을 뒤질 생각은 애초 갖지도 않았을 것이오. 그러니 부디 그 일에 대해선 노여움을 푸시오."

"그 외의 것은 훔치지 않았다는 말인가?"

"당신이 더 잘 알 것 아니오. 지하 창고엔 마혼석등과 수십 개의 마령옥밖에 없었소. 우리보다 먼저 그곳에 발을 들인 무리가 있다면 또 몰라도……."

천마존은 그 말을 듣고 속으로 의아해했다.

'뭣이? 아무것도 없었다고? 그럴 리가 없을 텐데…….'

천공이 고개를 끄덕거린 후 이곳에 온 목적을 묻자 달지극은 망설이지 않고 즉각 대답했다.

"고웅은 본 가의 배신자였소. 난 오랜 추적 끝에 그가 이곳에 머물고 있다는 사실을 알게 되어 직접 처단하기 위해 온 것인데, 느닷없이 그대가 등장해 그를 죽여 버렸소. 어쨌든 나로선 임무를 완수한 셈이지만."

"단지 그것뿐인가?"

"물론이오. 앞서 신분을 숨긴 것은 단순히 그대가 두려웠기 때문이지, 다른 이유는 없소."

"내 짐작으론…… 그 밀실에서 뭔가 얻고자 한 물건이 있었으리란 생각이 드는데……."

달지극은 일순 뜨끔했지만 강하게 머리를 내저었다.

"결코 아니오! 배신자 따위에게 무어 얻을 것이 있겠소?"

별안간 천공의 시선이 마경으로 향했다.

"천으로 감싸 허리에 묶고 있는 그 물건은 뭐지?"

"아……!"

"한 번 풀어 보라."

"이, 이건 그냥 석경이오. 예전 가주께서 잃어버리신 선대의 유품인데, 그걸 고옹이 가지고 있었지 뭐요. 그래서 챙겨 나온 것이오."

달지극의 변명에 천공이 두 눈을 가늘게 떴다.

"나는 왜 그것이 앞서 푸르스름한 빛을 띤 투명한 구체와 관련이 있으리란 예감이 들지?"

달지극은 아랫입술을 지그시 깨물었다.

'천마존이 과연 마경에 대해 얼마나 알고 있는지 모르겠지만…… 여기서 함부로 꺼내 보일 수는 없다!'

"거리낄 게 없다면 풀어 보이지 못할 이유가 없을 터."

천공의 그 말이 끝나기가 무섭게 달지극이 일신의 공력을 최대로 끌어 올렸다.

슈우우우우우!

마기의 압박이 거세지자 천공은 전신의 근육이 찢어질 듯 고통스러웠다.

'윽!'

상대가 이토록 격렬하게 반응할 줄은 몰랐다.

'아뿔싸, 내가 더없이 민감한 부분을 건드린 건가?'

허리 뒤로 맞잡은 두 손을 부르르 떨며 온 힘을 다해

버렸지만, 결국 일부 마기가 체내로 스며들어 기맥에 내상을 입고 말았다.

"컥!"

천공이 돌연 상체를 비틀거리며 피를 한 모금 뱉었다.

동시에 천마존이 굉소하며 외쳤다.

[크하하하! 내 그 꼴이 될 줄 알았다! 자, 심법을 거둬라!]

한편, 달지극은 각혈을 한 천공을 보며 두 눈을 부릅떴다.

'아니, 뭐지? 천마존이라 하기엔……'

그랬다. 너무 약한 모습이었다.

천마존이 자신의 마기에 실린 압력을 견디지 못하고 내상을 입다니, 말도 안 되는 일이었다.

"커헉!"

천공이 재차 선혈을 토한 찰나, 달지극은 이 기회를 놓치지 않고 일장을 힘껏 내뿌렸다.

묵직한 공력이 실린 장공(掌功).

[피해!]

천마존의 전성에 천공이 괴로운 표정으로 잽싸게 허리를 숙였다.

예의 장세가 뒷덜미를 아슬아슬하게 스쳐 뒤쪽 건물 벽

면을 두드려 부쉈다.

꽈과광—!

천공은 한쪽 무릎을 바닥에 쿡! 찧으며 가슴팍을 세게 움켜쥐었다.

'으윽, 큰일이다!'

내상을 입은 채로 무리하게 움직이는 바람에 심맥마저 흔들린 것이다.

그때, 달지극이 재차 장공을 쏘아 보냈다.

슈우우욱!

천공은 가까스로 땅을 박차고 옆쪽으로 운신해 예의 장력을 회피했지만, 그 드센 풍압에 휩쓸려 담장과 세게 부딪쳤다.

꿍!

둔탁한 소리와 함께 털썩 주저앉은 천공이 나지막한 신음을 흘렸다.

"끄ㅇㅇㅇ……."

달지극은 그 모습을 접하자 머릿속이 복잡했다.

'허, 지금 이게 도대체 무슨 일이지? 천하의 천마존이 장력의 풍압도 견디지 못해?'

모든 것이 의문투성이였다.

상황이 이쯤 되었는데도 앞서 갈응문 문도들을 압살하

던 가공할 기도는 온데간데없고, 그 특유의 패도적인 마기조차 느껴지지 않는다. 마치 한순간에 모든 내공을 잃어버린 사람처럼.

'혹시 천마신공을 무리하게 사용해 주화입마에 빠지기라도 한 건가? 그게 아니고서야…….'

어안이 벙벙했지만 이내 정신을 가다듬고 생각했다.

'몸을 가누는 것도 힘들어 보이는데, 용기를 내 한 번 더 공격해 볼까?'

그도 무인인지라 상대가 예상치 않은 허점을 드러내자 저도 모르게 슬그머니 욕심이 생긴 것이다.

바로 그 순간, 천공이 신형을 부들부들 떨며 핏발이 선 눈으로 사납게 노려보았다.

'웃!'

그 눈빛을 접한 달지극은 가슴이 서늘해져 곧바로 욕심을 접었다.

'그, 그래! 무리하지 말자!'

이대로 도망치는 것이 낫다고 판단한 그는 즉각 월흔마보를 전개해 담장을 뛰어넘은 후 횅허케 저 멀리로 사라졌다.

천마존이 성질을 냈다.

[크윽, 제기……! 이대로 놓칠 수 없다! 망할 새끼, 얼

른 심법을 거두라니까!]

"으윽……! 시끄…… 러워."

천공은 이를 으물며 신형을 일으키려 했다. 그렇지만 심맥을 비롯한 기맥의 충격으로 정신이 자꾸만 아득해져 갔다.

'힘을 내야 해! 이대로…… 정신을 잃으면 안 된다!'

그때, 천마존이 수상한 낌새를 알아차렸다.

[뭐야, 이제 보니 정신을 잃기 직전인 모양이구나! 크하하하하! 좋군, 좋아! 네놈이 정신을 잃으면 그 육신은 자연히 내 차지가 될 것이야!]

"절대 그럴 일은 없…… 웨엑!"

구역질과 함께 비릿한 핏물이 지면을 적셨다.

'끄윽, 너무 버겁다.'

천공은 어떻게든 정신을 유지하기 위해 애를 썼다. 하지만 이미 마기에 의해 입은 내상이 급속도로 악화되고 있어 머릿속이 혼미했다. 이대론 얼마 못 가서 정신을 잃을 것만 같았다.

천마존이 득의의 소성을 발하며 한껏 이기죽거렸다.

[크흐흐. 네놈, 본좌의 말을 기억하느냐? 흑선을 만나기 전에 반드시 매운맛 좀 보게 만들어 줄 거라고. 지금이 바로 그때이니라. 크큭, 불쌍한지고.]

천공은 머리를 비틀거리다가 두 손으로 바닥을 짚었다.

"으으윽……."

이젠 진짜 한계였다.

[끈질긴 놈 같으니. 그만 버티고 어서 기절해 버려! 그래야 내가 마음껏 축기를 해 힘을 회복할 것 아니냐, 심법이 약해지고 있는 것이 느껴진다. 크크크크! 나중에 네가 깨어났을 때 즈음, 본좌는 아마 삼분지 이 이상 힘을 되찾았을 것이야.]

찰나지간 천공의 뇌리로 천중의 목소리가 떠올랐다.

"선불리 복용하지 말고 기로를 넓힐 방법을 찾거든 그때 복용해."

'크윽……. 천중, 미안하다. 흑선을 만나기 전까진…… 손을 대지 않으려고 했는데…… 지금은 어쩔 수 없다!'

그는 후들거리는 손을 움직여 대환단을 꺼냈다. 그러곤 일말의 망설임도 없이 입속으로 털어 넣었다.

으적으적.

대환단을 잘게 으깨 꿀꺽 삼키자 곧 형언하기 힘든 향내가 혀를 타고 가득 퍼졌다.

[호오, 내 손에 의해 사라질 바엔 먹어 없애는 것이 낫다? 아무리 그래도 그렇지, 기로를 넓히지 않은 상태로 대환단을 복용하다니, 무모하기 짝이 없구나. 크하하하!]

천공은 그 전성을 끝까지 들을 수 없었다.

철퍼덕.

물에 젖은 종이처럼 바닥 위로 엎어져 너부러진 신형.

결국 정신을 잃고 만 것이다.

직후 온몸에서 시커먼 기류가 마구 뿜어져 나오기 시작했다.

슈슈슈, 슈슈슈슈—!

이윽고 기절했던 천공이 몸을 한차례 부르르 떨더니 눈을 번쩍 떴다.

"크흐흐……."

천공의 소성이 아니었다. 다름 아닌 천마존의 소성이었다.

"크하하, 크하하하하! 드디어……!"

신형을 벌떡 일으켜 세운 천마존은 안광을 번뜩이며 두 주먹을 불끈 쥐었다. 뭐라고 형언하기 힘든 짜릿한 기분에 절로 신이 났다.

"이거, 정말 뜻밖의 수확이군."

미소를 머금은 그는 즉시 운기요상으로 내상을 다스렸

다. 그러곤 시간이 얼마 지나지 않아 심맥과 기맥에 깃든 달지극의 마기를 말끔히 소멸시켰다.

'나약한 놈, 이 정도의 마기도 못 버티는 주제에 무슨 힘을 되찾겠다고…… 후훗, 이번 기회에 최대한 공력을 회복해 차후 네놈이 깨어나면 큰 절망을 선사해 주마!'

그런 다음 단전을 빠르게 돌려 대환단의 기운이 어디에 깃들어 있는지 탐색해 나갔다.

'음, 거기인가!'

기경팔맥과 십이정경을 따라 흐르던 마기가 천돌(天突) 부근에서 상충하는 내기(內氣)의 응어리를 찾았다.

'실로 거대한 기운이 뭉친 응어리로군! 장차 화근이 될 수 있으니 없애자!'

천마존은 체내 중추로 마기를 한껏 모아 천돌로 향하게 했다.

흉강의 천돌은 숨기의 굴뚝 역할을 하는 곳이라 마기가 한꺼번에 상승하자 자연스레 호흡이 가빠졌다. 그래도 꾹 참고 마기를 세차게 돌렸다.

'조금만 더, 조금만 더……!'

천마존의 낯빛이 점점 붉어지더니, 이내 마기 운용을 멈추고 소리를 토했다.

"푸앗! 헉, 헉, 헉, 헉……."

잠시간 숨을 몰아쉬던 그는 관자놀이를 지그시 누르며 인상을 찌푸렸다.

'크음, 꽤나 까다롭군. 물과 기름처럼 상충하고 있어 쉬이 깨뜨리기가 힘들다!'

다시 정신을 집중해 마기를 뭉쳐 천돌로 보내 보았지만, 결과는 마찬가지였다. 기의 응어리는 좀처럼 마기의 접근을 허용하지 않았다.

"이런 젠장맞을!"

화가 난 천마존이 발을 굴리자 반경 오 장의 지면이 쩌저적! 하고 어지러이 거미줄을 쳤다.

어금니를 악문 그는 생각을 바꿨다.

'안 되겠다. 대환단의 기운은 일단 놔두고 그놈부터 족치자!'

콰직!

땅을 박찬 신형이 번개처럼 허공을 격해 담장 너머로 자취를 감췄다.

말 그대로 섬광 같은 운신.

바로 새외의 마도무림을 통틀어 가장 빠른 경공술 중 하나라는 천마섬전비(天魔閃電飛)였다.

월흔마보를 극성으로 펼쳐 마을 외곽으로 나온 달지극

은 달빛에 젖은 숲길로 접어들어서야 비로소 달음박질을 멈췄다.

"후우, 후우, 후우……."

어깨를 들썩이며 숨기를 고른 그는 옷소매로 이마와 목에 흥건한 땀을 닦아 냈다. 그러곤 허리춤에 있는 마경을 어루만지며 나지막이 중얼거렸다.

"다행히 임무는 완수할 수 있겠구나."

이어진 안도의 한숨. 하지만 여전히 큰 의문을 지울 수가 없었다.

'도대체 천마존에게 무슨 일이 벌어진 것일까? 이해하기 힘든 부분이 한두 가지가 아니라 가주께 드릴 보고서를 작성하는 것만도 꽤나 어려운 일이 될 듯하다.'

그때, 갑자기 저 멀리에서 큰 풍성이 일었다.

파파파파파—!

화들짝 놀란 달지극은 예의 소리가 들린 쪽으로 고개를 틀었다. 그와 동시에 마령옥이 진동을 발하며 자신의 주인이 왔음을 알렸다.

'어억! 처, 천마존!'

십 보 간격을 두고 천마존이 모습을 드러냈다. 그가 나타나고도 요란한 풍성은 잠시 동안 주변을 크게 울렸다.

파파파파파—

운신의 속도가 소리를 앞지를 만큼 쾌속했던 것이다.

"월영마가의 잔챙이 주제에 감히 날 공격해?"

천마존이 그 말과 함께 마기를 한껏 드러냈다. 그러자 시커먼 기운이 뭉게뭉게 피어올라 마신의 형상을 만들더니, 체내로 사라졌다.

쿠우웅!

불현듯 일대 공기가 바위처럼 한없이 무거워졌다.

달지극은 상대가 발한 마기의 압력에 숨통이 턱 막히는 기분이었다.

'윽, 이것이 천마신공의 위력인가!'

잠시 잊은 공포가 다시금 몸과 마음을 옥죄어 왔다.

'제기, 어떡하지?'

그는 잠시 망설이다가 마기를 한껏 개방해 그 육중한 압력에 대항하며 말했다.

"날 죽이면…… 향후 육대마가 전체가 가만히 있지 않을 것이오!"

생존하기 위한, 마경을 지키기 위한 마지막 발악이다.

천마존이 입술이 살기를 실은 미소를 그렸다.

"크흐흐흐. 옳아, 이제 보니 본 교가 괴멸하자 그 개 같은 여섯 가문이 연맹을 맺은 것이로군."

"그, 그렇소."

"본좌가 육대마가 따위를 두려워할 것 같으냐?"

"말은 그렇게 해도 혼자 힘으론 어찌할 수 없을 거요. 당신은 현재 세력을 잃어버려 의지할 곳이 없는 단신이잖소? 괜한 행동으로 우리를 적으로 돌리지 마시오."

달지극의 그 말에 천마존의 눈썹이 꿈틀 올라갔다.

실지 맞는 말이었다.

제아무리 초절한 무위를 가졌다고 해도 육대마가 전체를 상대할 순 없는 법.

과거엔 호교사왕, 십이주교, 십팔당주 등 기라성 같은 고수들과 무려 일만 명이 넘는 전력을 보유했기에 육대마가를 상대로 권력을 휘두를 수 있었으나 지금은 상황이 정반대였으니까.

뒷받침할 세력은 고사하고, 본래 힘조차 절반밖에 되찾지 못한 상태가 아닌가.

'육대마가, 너희가 감히……!'

달지극이 그런 천마존을 재차 자극했다.

"그냥 이대로 조용히 사라져 주시오. 이미 마도의 여러 세력이 우리와 뜻을 함께하겠다고 의사를 밝혔소. 그러니…… 사람들을 모아 천마교를 다시 세우리라는 꿈은 접는 게 좋을 것이오."

천마존이 진노하며 일갈했다.

"놈!"

방원 이십 장의 지면이 사납게 요동을 치며 땅거죽이 퍽퍽 뒤집어졌다.

달지극도 이젠 이판사판이었다.

"곱게 죽진 않겠다!"

발작적인 외침이 끝나기가 무섭게 마기가 응축된 우권이 세차게 내밀어지자 초승달 형태의 거대한 권경이 바람을 가르며 맹렬히 돌진했다.

독문 절기 초월마황권(初月魔荒拳).

천마존도 마주 향해 극성의 공력을 실은 거대한 권경을 내뿜었다.

천마붕권(天魔崩拳).

그렇게 서로의 권경이 충돌한 순간, 굉음과 폭풍이 사위를 마구 휩쓸었다.

꽈우우웅! 쿠아아아아아─!

이윽고 먼지구름이 자욱한 아래 달지극이 숨을 껄떡댔다.

"커걱, 컥……."

몸통에 큰 구멍이 뚫려 피를 줄줄 흘리는 그. 감당할 수 없는 상대에게 맞선 혹독한 대가였다.

"고웅이란 놈의 뒤나 따라가거라."

면전에 선 천마존은 그 소리와 동시에 우수로 천령개(天靈蓋)를 세차게 내려쳤다.

퍼어억!

피와 뇌수를 퍼뜨린 달지극은 그대로 지면 위에 허물어졌다. 결국 그의 임무는 죽음과 함께 실패로 돌아갔다.

천마존은 자신의 손에 묻은 피를 바라보다가 돌연 이를 빠드득! 갈았다.

'제기랄, 놈에게 물어볼 것이 있었는데.'

화를 돋우는 바람에 앞뒤 생각지 않고 그냥 죽여 버리고 말았다.

'크흠……! 여하간 힘을 완전히 되찾으면 다시 세력을 꾸려 육대마가 새끼들부터 모조리 멸할 것이야!'

그는 곧 마기를 갈무리하고 분을 가라앉힌 후 달지극의 허리에 묶여 있는 천을 풀었다. 그러자 거무스름한 빛깔을 지닌 마경이 모습을 드러냈다.

'놈은 분명 이것을 가지러 예까지 온 것이렷다.'

석경의 표면에 정교하게 음각된 섬뜩한 마귀, 그리고 괴이한 문자와 도형들. 아무리 봐도 그 의미를 알 수가 없었다.

천마존은 싸늘한 안광을 흘리며 읊조리듯 중얼거렸다.

"놈들에게 중요한 물건이라면…… 아예 못쓰게 만들어

버리는 것이 좋지."

그는 마경을 바닥에 툭! 던지더니 발바닥에 육중한 공력을 실어 마구 짓뭉갰다.

꽈드득, 꽈득, 꽈드득!

마경은 마침내 본래의 형체를 알아볼 수 없을 정도로 산산조각이 났다.

"이제야 좀 속이 시원하군. 후훗."

천마존은 흡족한 미소를 띠더니 달지극의 품을 뒤져 마령옥을 꺼냈다. 그는 그 마령옥마저 잘게 깨뜨려 버린 후 앙천대소하며 천마섬전비를 전개해 이내 자취를 감췄다.

그로부터 잠시 후.

별안간 우웅! 하는 소리가 울리며 조각조각으로 나뉘었던 마경이 순식간에 원상회복을 했다.

곧이어 마경의 표면에서 푸르스름한 빛을 띤 투명한 구체가 떠오르더니 달지극 위로 가 빙글빙글 맴돌았다. 그러자 놀랍게도 몸통의 커다란 구멍이 아물기 시작했고, 부서진 머리통도 치유되기 시작했다.

이윽고 달지극의 손가락이 움직였다.

꿈틀.

부활을 알리는 몸짓이었다.

6장
난제(難題)와 각성(覺醒)

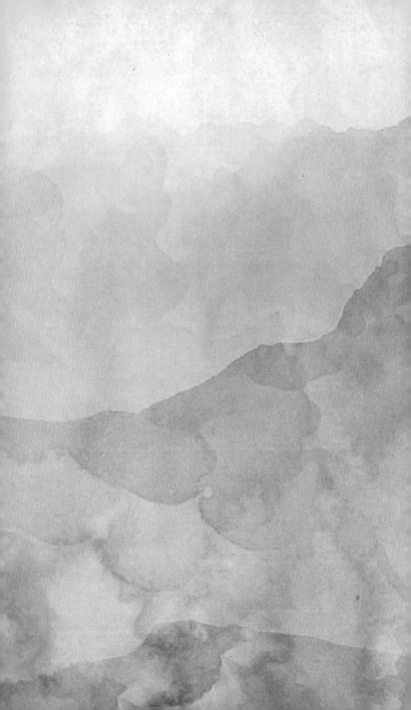

어둠을 뚫고 나아가던 천마존은 한적한 계곡에 이르러 운신을 멈췄다.

기감을 돋운 그는 사방을 한 번 둘러보며 인기척이 없음을 확인한 후, 달빛이 창백히 내려앉은 시냇물에 손을 담갔다. 그러자 물결을 따라 시뻘건 달지극의 피가 묽게 퍼졌다.

'극성의 공력을 실은 권경이었는데 한 번에 멸하지 못하다니……'

다시 생각해 보니 자존심이 상하는 일이었다.

예전 같았으면 손을 두 번 쓰지 않고 그 일격만으로 형체도 없이 사라지게 만들었을 텐데. 하지만 절반의 힘만

회복한 상태론 극성의 공력을 쓰고도 몸통을 꿰뚫는 것에 그쳤다. 예상과 달리 단방에 시원스럽게 쓸어버리지 못했다.

물론 거기엔 달지극의 무위가 여느 무인과 다르단 사실도 한 원인으로 작용했다.

달지극은 확실히 월영마가 내 고수답게 음강이나 고웅보다 한 수 위의 강자였다. 앞서 그가 구사한 초월마황권은 쉬이 얕잡아 볼 만한 절예가 아니었다. 때문에 천마존 자신도 순간 공력을 극성으로 이끌어 내 천마붕권을 뿌린 것이다.

"큭, 고작 그런 놈을 상대로 발끈해 삼 할의 내공을 소모하게 될 줄이야."

어쨌든 죽였잖은가. 그야말로 압도적인 무위로 상대를 저승길로 보내 버렸잖은가.

그럼에도 불구하고 제 기준에선 전혀 만족스럽지 않았다.

머릿속에 되새길수록 찝찝한 느낌. 뒷간에 가 볼일을 보다가 중도에 나와 버린 듯한, 그런 기분이었다.

달지극이 월영마가 내 호가팔장 중 한 명임을 안다면 그나마 위안이 되려나. 아니, 그래도 용납 못할 위인이리라.

'일단 소모한 내공부터 채우자.'

천마존은 즉각 한옆의 바위로 가 가부좌를 틀었다.

기실 그는 이미 불편한 절차 없이도 축기를 행할 수 있는 경지에 이른 지 오래였다. 똑바로 선 채로 행할 수도 있고, 걸음을 옮기며 행할 수도 있었다.

하지만 많은 양의 기를 보다 빨리 축적하려면 몸과 마음을 정돈해 내공심법을 집중적으로 운용해야 되기에 가부좌 자세를 취한 것이었다. 이는 다른 절정고수들의 경우도 매한가지였다.

그렇게 운기조식이 시작되고 이각 남짓 지났을 때, 전신으로부터 시커먼 마기가 토혈처럼 넓게 번져 났다.

츠츠츠츠츠—!

천마신공 심법 특유의 변칙적인 들숨과 날숨과 함께 축기가 빠른 속도로 진행되고 있는 것이다.

대략 일각 후.

신형 주위로 불꽃처럼 마구 이글거리던 시커먼 마기가 머리 위로 모여 하나의 고리를 이루더니, 일시에 뇌천(腦天)으로 흡수되었다.

"후후후……."

이내 눈을 뜬 천마존은 만족스러운 표정으로 자신의 아랫배를 내려다보았다. 어느덧 달지극을 상대로 소모했던 삼 할의 내공을 모두 회복한 모양이었다.

사실 천마존이 사용하는 하단전의 주요 기로는 천공이 사용하는 주요 기로와 달랐다.

그 때문에 예의 기로가 위축이 된 천공은 기를 쌓는 데 애를 먹은 반면, 그는 하단전을 통해 원활한 축기가 가능했다.

이는 애초에 입문 시 선택한 무(武)의 길이 판이한 까닭, 즉 운용과 묘용의 차이였다.

둘 다 마공을 익힌 몸이긴 하나 천공은 불문 심법으로 심기를 정순한 상태로 만들며 마공 연마를 병행했고, 천마존은 아예 첨부터 마성을 바탕으로 마공을 연마했다.

기를 다루는 무인은 어느 누구나 하단전이란 그릇을 이용하기 마련이지만, 그 안을 채우는 방법은 실로 다양하단 의미였다.

원래 마공은 속성으로 터득하는 게 대부분이었다. 그렇기에 소주천과 대주천을 이루는 과정 자체가 정종 무공과 달랐고, 축기를 할 때 사용하는 주요 기로나 운기의 행법도 다를 수밖에 없었다.

천마존은 새삼 궁금증이 일었다.

'흐음, 이 땡추 새끼는 도대체 어떻게 생겨 먹은 물건이란 말인가. 무슨 수로 불력의 심법과 마력의 무공을 동

시에 속성으로 성취할 수 있던 게지? 날 죽였을 때 겨우 스물네 살에 불과했으니…….'

중원의 무학과 달리 마학은 속성으로 익힐 수 있다는 것이 장점이었다. 그와 동시에 단점이기도 했다. 대저 마학은 고수의 경지에 도달하는 시간이 빠른 만큼 뒤따르는 부작용도 컸으니까.

마인들은 노년 즈음에 주화입마와 함께 괴로이 생을 마감하는 경우가 많았다. 노쇠하여 자연스럽게 죽거나 늘그막에 큰 깨달음을 얻어 영광스럽게 우화등선(羽化登仙)하는 경우는 거의 전무했다.

평균적으로 새외 마도무림 노고수(老高手)의 숫자가 중원무림에 비해 부족한 이유도 바로 거기에 있었다.

흔히 마공을 익혀 이름을 널리 알릴 정도가 되면 우마경(優魔境)에 이르렀다고 하고, 그 우마경을 넘어 손꼽히는 강자로 발돋움하면 효마경(曉魔境)에 이르렀다고 했다.

부작용이 가장 많이 따르는 것은 당연히 일반적인 마인들이고, 그다음이 우마경의 마인들, 또 그다음이 효마경의 마인들이었다.

우마경의 마인들은 절반 이상이 생의 끝이 좋지 않았다. 그와 달리 효마경의 마인들은 일신의 자질과 성취에 따라 주화입마에 들 확률이 삼사 할이었다.

천마존은 예외였다. 이런저런 부작용 따윈 걱정할 필요 없는, 마인 최고의 경지라 일컫는 극마경을 이루었으므로.

당세 마도무림에 있어 극마의 경지에 오른 자는 천마존이 유일했다.

한데 그런 그조차 이해할 수 없는 극상의 경지를 이룬 존재가 바로 천공이었다.

'소림사가 내세우는 정법 수련을 따랐다면 제아무리 절세 마공이라 하더라도 이토록 젊은 나이에 본좌를 죽일 정도의 경지까진 이르기 힘들었을 터인데……'

마공 하나만 속성으로 터득해 일류 고수가 되는 것은 나이가 젊다고 해도 충분히 있을 법한 일이었다. 일례로 효마경에 이르렀다고 전하는 육대마가 가주 중 한 명은 이십 대 후반이었다. 또한 우마경에 이른 마인들로 범위를 넓히면 그 수는 더 많았다.

그렇지만 마공과 상극인 불문의 심법까지 나란히 익혀, 그것도 단순히 일류 고수 반열이 아닌 극마경을 웃도는 경지에 도달한다는 것은 말도 안 되는 일이었다. 정말이지, 상식적으로 납득하기 힘든 경우였다.

'혹시 그 이름 모를 마공이 다른 마공보다 더 빨리 익힐 수 있는 요체를 가진 것은 아닐까? 하지만 불문의 심법 같은 경우는 결코 속성으로 터득할 수 있는 공부가 아니거늘.'

천마존은 항마조가 교를 급습했을 때를 떠올렸다.

'항마조 땡추들은 대다수가 중년이었다. 하나 이놈 혼자만 새파란 이십 대였어. 그렇다면 단지 속성으로 익힌 것만은 아니란 뜻! 아무래도 이 기이할 정도로 거대한 하단전을 가진 육신 자체가 뭔가 특별한 힘을 지닌 것이 틀림없다.'

"그 나이에 어찌 그런 엄청난 단전을 보유하게 된 것이냐? 백 살을 넘긴 본좌도 그만한 단전을 만들어 보지 못했는데."

"그야 뼈를 깎는 수련을 했으니까. 세상에 노력 없이 이뤄지는 건 절대 없다."

지난날 천공과 나누었던 대화.

천마존은 대뜸 입꼬리를 씰룩 올렸다.

'뼈를 깎는 수련? 흥, 그러한 노력은 고수라면 누구나 다 한다. 어디 두고 봐라. 조만간 모든 힘을 회복한 다음 네 몸이 가진 비밀을 풀어 내 것으로 만들어 버릴 테니까.'

그는 가부좌를 풀지 않고 다시 운기조식에 돌입했다. 정신을 잃은 천공이 깨어나기 전에 부지런히 축기를 해 힘을 회복하기 위함이었다.

그로부터 한 시진 정도 지났을 때, 신형 주위로 사납게 타오르던 시커먼 마기가 정수리 위로 모여 아까보다 더 큰 고리를 이루었다.

이는 내공 수위가 드디어 절반의 수준을 넘어 칠성 가까이 회복되었음을 뜻함이었다.

완전한 내공 수위는 십이성.

아마 이대로 쉬지 않고 축기를 거듭하면 날이 밝기 전에 팔성, 구성, 나아가 십성까지도 가능할 듯싶었다.

천마존은 눈을 뜨며 잠시 숨기를 골랐다.

'천공, 네놈이 정신을 차리면 아마 본좌의 내공 수위에 기절초풍할 것이다. 그나저나…… 칠성에 근접한 내공인데 이 괴물 같은 하단전은 아직도 절반이 차지 않았구나.'

칠성 정도의 내공 수위면 적어도 반은 채울 수 있다고 여겼는데, 예상이 보기 좋게 빗나갔다.

그래도 기분은 좋았다. 그 거대한 단전이 앞으로 자신의 것이 된다고 생각하니 절로 흥분이 됐다.

물론 걱정되는 부분도 있었다.

차후 천공이 기로를 넓힐 해법을 얻어 본연의 내공을 되찾게 되면 몸을 빼앗는 것은 고사하고, 제 심혼을 지키는 것조차 버거우리라는 걱정이었다.

그 사태를 방지하기 위해 지금의 기회를 적극 활용하는 수밖에 없었다. 상대가 정신을 잃은 사이, 내공을 최대한 높은 수위로 끌어 올려놓는 것이 무엇보다 중요했다.

'시간 싸움이다. 놈이 언제 정신을 차릴지 모르니…….
최소한 팔성 정도는 돼야 녀석의 불완전한 심법으로부터 자유로울 수 있을 것이야.'

어떻게든 불문의 심법만 깨뜨리면 나머진 큰 문제가 되지 않으리라.

천마존은 그런 생각과 함께 재차 운기조식을 통해 축기를 행했다. 그는 곧 무아지경에 들어 시간의 흐름을 잊은 채 팔성의 수위로 향했다.

그렇게 자정을 넘긴 무렵.

몰아의 황홀감에 젖은 천마존의 얼굴이 일순 기이하게 일그러졌다.

덜컥!

맹렬히 회전하며 기를 쌓던 하단전이 갑자기 정지한 까닭이었다.

'음?'

천마존은 깜짝 놀라 두 눈을 번쩍 떴다.

'갑자기 왜 이러지?'

그는 정신을 집중해 재차 축기를 시도했다.

'좋아, 다시 돌아간다!'

하지만 그 기쁨도 잠시. 하단전은 몇 번의 회전을 끝으로 이내 우뚝 멈춰 버렸다. 마차의 바퀴가 헛돌다가 장애물에 걸려 움직이지 않는 듯한, 그런 느낌이었다.

"이, 이게 도대체……."

천마존은 몹시 당혹스러웠다. 그런데 그때, 더 큰 문제가 발생했다.

스스스스스—

칠성 수위에 도달한 이후 팔성으로 가기 위해 부지런히 쌓아 두었던 기운이 몸 밖으로 흩어지기 시작한 것이다.

'앗! 안 돼!'

즉각 천마신공 심법을 이용해 그 기운을 단속하려 했지만, 부질없는 짓이었다. 예의 기운은 마치 손가락 사이로 물이 빠져나가듯 순식간에 산지사방으로 사라져 버렸다.

"허……."

천마존이 입이 허탈한 소리를 흘렸다.

하단전은 움직임을 멈춘 채 더 이상의 축기를 허용하지

않고 있었다. 욕심내지 말고 칠성에 도달한 것으로 만족하라는 것처럼.

'도무지 이해할 수가 없군. 이 현상은 뭐지?'

잘 나가나 싶더니 뜻하지 않은 암초에 부딪쳤다. 이러다가 천공이 별안간 정신을 차리기라도 한다면 본연의 힘을 삼분지 이 이상으로 되찾으려던 계획이 수포로 돌아가고 만다.

혹시 기로에 문제가 있나 싶어 하단전의 마기를 돌려 보았지만, 별다른 이상을 찾을 수 없었다.

'허! 이것참, 내가 이용하는 기로의 흐름은 더없이 원활한데…….'

뒤이어 경락의 주체인 임맥, 독맥을 비롯한 기경팔맥과 십이정경도 두루 살폈지만, 역시나 마찬가지였다.

그렇다면 주화입마의 신호는 아니다.

하기야 극마경을 이뤘는데 갑작스런 주화입마를 걱정하는 자체가 공연한 짓이었다.

'하단전의 내력을 조금 비워 내고 다시 축기해 보자!'

천마존은 즉각 자리를 털고 일어나 천마신공을 운용했다.

내공 수위 칠성, 그 극성의 공력.

우수를 한껏 치켜들자 계곡 일대가 마구 요동을 쳤다.

바위와 초목이 무참히 부서져 날아가고 시냇물이 폭포처럼 치솟아 산개하는 가운데, 그가 우수를 아래로 맹렬히 그어 내렸다.

슈아아아아!

손의 궤적을 따라 발출된 마기는 찰나지간 거대한 칼날로 변모해 정면의 공간을 찍어 눌렀다.

쩌저저저저저—! 콰콰콰콰쾅!

천마신공 오대절기, 천겁마인(天劫魔刃).

무려 오 장에 이르는 지면이 반으로 쪼개져 깊디깊은 골짜기를 만들었다. 흡사 하늘에서 내려온 어떤 거대한 존재가 칼날을 휘둘러 땅을 쩍 갈라놓은 듯 경이로운 광경이었다.

천마존은 한 번의 천겁마인으로 삼 할이 넘는 내공을 소모했다.

호흡을 고른 그가 이내 마기를 갈무리하자 계곡은 다시금 평온을 되찾았다.

'하단전이 내 마기의 흐름에 적응을 하지 못한 것일 수도 있다. 침착하게 다시 시도해 보자.'

가까운 평지를 찾아 가부좌를 튼 천마존은 심기를 가다듬고 운기조식에 돌입했지만, 한 시진 남짓 지나자 예의 불가해한 현상을 재차 맞닥뜨리고 말았다.

하단전은 절반도 차지 않았는데 무슨 금제라도 가해진 것처럼 칠성 수위 이상의 축기를 허용하지 않았다.

"크아악! 이런 개 같은 경우가……!"

천마존은 분통을 터뜨리며 어금니를 꽉 깨물었다.

원인이나 알면 그나마 속이 좀 편할 텐데, 팔성의 수위로 향하기만 하면 밑도 끝도 없이 정지해 버리니, 정말이지 환장할 노릇이었다.

'설마 천돌혈 부근에 자리를 잡은 대환단의 힘이 어떠한 방해 요소로 작용하고 있는 것인가? 하나 그랬다면 축기 시에 이미 마찰이나 저항을 일으켰을 터…….'

고개를 갸웃거린 천마존은 마기를 돌려 대환단이 만든 내기의 응어리를 찾았다. 그런데 이내 안색이 급변했다.

'이럴 수가! 내기의 응어리가 자리를 옮겼다?'

거대한 기운이 뭉친 응어리는 맨 처음 분명 천돌혈 부근에 머무르고 있었는데, 지금은 경락을 따라 내려와 명치와 배꼽 사이의 요혈, 중완혈(中脘穴)에 고정되어 있었다.

'중단전을 지나 하단전으로 향하고 있는 건가? 물고기가 물을 찾아가듯이?'

뇌리를 스치는 한 가닥의 불길함.

천마존은 그 대환단이 만든 응어리를 더 두고 보기가

힘들었다.

'무조건 부숴야 한다! 대환단이 괜히 무림제일의 영약이라 불리는 것이 아니거늘! 차후 이 땡추 놈이 정신을 차려 행여나 이것을 취하게 된다면 나로선 낭패다!'

원래는 힘을 삼분지 이 이상 회복한 후 시도할 계획이었는데, 팔성 수위로의 축기가 불가능하니 당장 손을 씀이 마땅했다. 불가해한 현상을 억지로 돌파하려고 거듭 축기를 시도하며 시간을 허비할 때가 아니었다.

'칠성의 수위로 파훼하는 것이 가능하다면 좋으련만!'

천마존은 하단전 기해혈(氣海穴)로부터 막대한 마기를 발동해 한껏 끌어모았다. 그러곤 곧장 일련의 경락을 따라 중완혈로 나아가게 만들었다.

내기의 응어리와 마기가 마주한 순간.

'흐읍……!'

이마로 굵은 핏대들이 툭툭 불거졌다.

겨우 한 치.

그 약간의 간극을 좁히지 못한 채 마기가 가로막힌 것이다.

내기의 응어리는 마치 보이지 않는 방벽을 두른 듯 일체 접근을 불허했다.

'누가 이기나 한 번 해 보자!'

이를 악문 천마존은 쉬이 포기하지 않았다. 오히려 마기의 양을 불려 연거푸 중완혈로 쏘아 보냈다.

하지만 내기의 응어리는 너무나 견고했다. 이리저리 마기의 방향을 비틀며 용을 써 봐도 아무런 소용이 없었다.

'윽……!'

이내 그의 낯빛이 붉으락푸르락하더니 심장 박동이 급격히 빨라졌고, 혈맥마저 제 흐름을 잃기 시작했다. 이대로 계속 가다간 큰 무리가 따라 심맥이 파열될지도 몰랐다.

"푸하압! 망할!"

짤막한 소리와 함께 천마존은 재빨리 운용하던 마기를 거두어들였다. 현재 칠성의 수위론 내기의 응어리를 파괴할 수 없음을 비로소 확실히 깨달았다.

"크아악! 오늘 진짜 되는 일이 없구나!"

천마존은 짜증 섞인 음성을 사납게 내뱉곤 땅에 벌러덩 드러누웠다. 그러자 서늘한 밤바람이 머리칼을 매만지며 그를 진정시켰다.

'팔성의 수위에 도달하려면 이 문제를 반드시 해결해야 된다. 설상가상 대환단까지 말썽을 부리고 있으니……. 크음, 서로 연관이 있는 것은 아님이 확실하다.

만약 대환단의 힘이 방해하는 거라면 애당초 축기에 돌입했을 때부터 곧장 거부반응을 일으켰을 테니까.'

고민하면 할수록 골머리만 아팠다.

"크크크크! 나중에 네가 깨어났을 때 즈음, 본좌는 아마 삼분지 이 이상 힘을 되찾았을 것이야."

천공을 향해 그렇듯 호기롭게 장담했는데, 종내 멋쩍은 상황이 되고 말았다. 물론 칠성의 수위로 어느 정도 압박은 가할 수 있겠지만, 힘을 삼분지 이 이상으로 회복해 불력의 심법을 마구 뒤흔들며 좌절을 맛보게 해 주고 싶던 그로선 결코 성에 차지 않는 결과였다.

돌연 머릿속에 이름 하나가 떠올랐다.

흑선.

한때 의신 화타의 환생이라고까지 불린 인물.

'혹시 흑선이라면……'

두 눈이 점점 짙은 이채를 발하며 반짝거렸다. 그것은 일종의 기대감이었다.

'그래! 흑선은 분명히 알고 있을 것이다! 이 곤혹스러운 난제를 해결할 방법을……'

천공과 마찬가지로 그 역시도 이젠 흑선을 만나야 할

이유가 생겼다.

어차피 달리 뾰족한 수도 없잖은가.

'큼! 결국 둘 다 신비괴림으로 가야 할 운명이었나?'

일이 이렇게 되고 보니 문득 그런 생각이 들었다.

천공과 얽힌 이 인연은 과연 어떤 식으로 끝을 맺게 될까?

설렘 반, 두려움 반.

천마존은 한숨 비슷한 소리를 내곤 나지막이 중얼거렸다.

"괜히 초조하군. 이놈은 언제쯤 깨어나려나?"

흑선과 만나기 위해선 천공을 의지할 수밖에 없는 상황이 되고 말았다. 자신은 흑선의 행방에 대해 아는 것이 전무했지만, 천공은 예전부터 뭔가 알고 있는 듯한 눈치였으니까.

"쳇, 음흉한 새끼 같으니! 속에 감추고 있는 게 뭐가 그리도 많은 건지……."

그는 투덜거림과 함께 생각을 다른 데로 옮겼다.

'그나저나 앞서 월영마가의 졸개는 비마고를 찾았을 때 마혼석등과 마령옥 외엔 아무것도 없었다고 말했다. 그렇다면…… 거기에 보관되어 있던 마공서들은 대체 어디로 사라졌단 말인가.'

비막고 내의 마공 비급은 도합 열 권.

모두가 내로라하는 절세의 마학이었고, 또 천마신공도 그에 포함되어 있었다.

'혹 그전에 누군가가 먼저 발을 들인 것인가?'

천마존은 미간을 찡그리며 두 눈을 지그시 감았다.

밤이 별빛을 더하며 깊어갈수록 머릿속에 똬리를 튼 의문도 점점 커져만 갔다.

천공이 힘겹게 신형을 일으켜 세우며 눈을 떴다.

'여긴 어디지?'

시야가 흐릿하다.

따사로운 빛이 와 닿는 것으로 보아 밤은 아닌데.

이내 머리를 좌우로 흔든 후 눈을 여러 차례 깜빡거리자 비로소 주변 경물이 또렷이 들어와 박혔다.

현재 자신이 자리한 곳은 어느 산로였다.

햇볕이 환하게 쏟아져 내리는 아래 저마다 반짝이는 나무 잎사귀들, 그리고 길 좌우로 올막졸막하게 자리를 잡고 앉은 바위들.

녹음이 우거진 그 풍광이 왠지 낯설지가 않았다.

천공은 잠시간 멍하니 서 있다가 고개를 돌려 주변을 두루 살폈다.

'아, 숭산…… 숭산이다!'

그제야 이곳이 대소림의 성지, 숭산 자락의 한 산로란 사실을 깨달은 그였다.

길을 따라 얼마나 나아갔을까?

이윽고 전면에 소림사 영역임을 알리는 산문이 나타났다. 붉게 칠한 두 개의 기둥으로 이뤄진 산문은 장구한 역사를 대변하듯 고색창연한 기품을 한껏 뽐냈다.

현판이 걸린 산문 너머엔 소림사로 향하는 돌층계가 길고 가파르게 쭉 뻗어 있었다. 그리고 저 멀리 위쪽, 천년의 웅지를 품은 소림사와 그 뒤로 화려하게 우뚝 치솟은 소실봉의 정경이 한 폭의 그림처럼 두 눈에 담겨 들었다.

언제 봐도 장엄함을 느끼게 만드는 산세였다.

천공은 새삼스러운 정취에 흠뻑 젖어 들며 하염없이 먼 봉우리를 바라보았다.

'난 지금 내상으로 정신을 잃은 상태다. 그렇다면 이것은 꿈……?'

꿈인데 그러한 생각을 맘대로 할 수 있다는 게 신기했다.

그는 부지런히 돌층계를 밟고 올라 마침내 소림사 정문에 이르렀다. 마치 오기를 기다리고 있었다는 듯 정문은 좌우로 활짝 열려 있었다.

'하하, 날 반기는 건가?'

흥분된 마음을 안고 내부로 발을 들였지만 사내엔 아무도 없었다. 그저 텅 빈 적막감만 가득했다.

'이런……'

자못 아쉽고 또 안타까웠다. 꿈속에서나마 그리운 얼굴들을 볼 수 있기를 내심 바랐는데.

그때, 갑자기 누군가의 목소리가 메아리처럼 울렸다.

[네 심혼이 안배의 문을 열었구나. 인도의 빛을 따라 나의 진언을 얻으라.]

동시에 금색 빛줄기가 바닥에 내려앉으며 하나의 길을 만들었다.

천공은 잠시 어리둥절한 표정을 짓다가 걸음을 뗐다.

'목소리를 보낸 사람은 누굴까? 또 이 빛의 길은 어디로 향하는 것이고? 꿈치곤 참 희한하구나.'

그렇게 금색 빛줄기가 만든 길을 따라 대웅보전(大雄寶殿)을 돌아 나간 다음 서쪽 외곽으로 향하자 소림사의 성역 중 하나인 탑림(塔林)이 나타났다.

역대 고승들의 사리탑군(舍利塔群)이 마치 숲처럼 보인다고 하여 붙여진 이름, 탑림.

금색 빛줄기는 수백 개가 넘는 탑들이 저마다 상이한

자태로 자리한 그 사이를 굽이굽이 감돌며 천공의 발길을 계속 이끌었다.

마침내 그 끝에 이르렀을 때, 범상치 않은 잿빛 비석에 음각된 글자가 동공에 크게 들어와 박혔다.

조사동(祖師洞).

탑림 깊숙한 곳에 위치한 선대의 장문, 장로들의 유골과 유품을 모아 놓은 절대금역이었다.

조사동은 현 장문 방장이 아니면 출입이 불가하고, 평소엔 호법원(護法院) 소속 무승들이 교대로 이곳을 지키며 통행을 단속했다. 그런데 지금은 아무도 보이지 않았다.

'꿈인 까닭이지.'

천공은 조용히 미소를 흘리다가 곧 엄숙한 표정으로 옷매무새를 단정히 했다. 다른 곳도 아닌 조사동인데 몸과 마음을 경건하게 만들지 않으면 곤란했다. 그렇게 비석 뒤쪽으로 가니 지하로 통하는 계단이 보였다.

'이곳의 문도 활짝 열려 있구나. 흠, 예의 목소리와 빛은 왜 나를 여기로 인도한 걸까? 이런 꿈을 꾸는 이유가 무엇이지.'

의문과 함께 조심스럽게 발을 옮겨 아래로 내려가자 반듯하게 닦인 통로가 나타났다. 그리고 천장엔 큼지막한 야명주(夜明珠)가 박혀 빛을 발하고 있었다.

천공은 신기하단 표정으로 내부를 둘러보았다.

'난 조사동을 구경해 본 적이 없는데……. 실제로도 이렇게 생겼으려나?'

꿈이기에 그렇겠거니 여겼지만, 한편으론 왠지 진짜 같다는 느낌이 들기도 했다.

그는 야명주가 내뿜는 빛에 의지해 앞으로 나아갔다.

통로는 생각보다 그리 길지 않았다. 그 통로 끝에 이르자 부처의 모습이 새겨진 둥그런 석문이 나타났다. 막다른 길이었다.

석문의 부처는 연화좌(蓮華坐)에 앉아 왼쪽 손바닥을 위로 향하게, 그리고 오른손을 무릎에 대고 손가락을 풀어 땅을 가리키는 모습을 하고 있었는데, 이는 바로 마를 굴복시켜 없애는 깨달음을 상징하는 수인(手印)이었다.

'항마촉지인(降魔觸地印)…….'

천공은 그 수인을 대하자 절로 숙연한 마음이 일었다. 그는 석문을 열기에 앞서 부처를 향해 섬김의 예로 삼배(三拜)를 올렸다.

절을 끝낸 바로 그 순간.

드르르르륵.

바퀴가 옆으로 굴러가듯 석문이 저절로 회전해 입구를
완전히 개방했다.

천공은 그 안으로 발을 들이자마자 저도 모르게 나지막
한 탄성을 뱉었다.

"아……!"

장방형의 널따란 석실.

향연이 자욱하게 깔린 내부 중앙엔 금으로 만든 큰 미
륵상(彌勒像)이 자리했고, 사방 벽면을 따라 마련된 석단
위엔 백팔십여 개의 작은 항아리가 질서정연하게 놓여 매
우 신비로운 분위기를 자아냈다. 또 석실의 각 모서리에
는 각기 자세가 다른 금강역사상(金剛力士像)이 기둥처
럼 버티고 선 채 입으로 연기를 내뿜고 있었다. 아마도
그 금강역사상들은 일종의 향로인 듯싶었다.

천공의 시선이 석단에 놓인 항아리들을 훑어 나갔다.

'역대 조사님들의 유골을 담은 항아리로구나.'

백팔십여 개의 항아리엔 저마다 누구의 것인지 쉬이 알
수 있게끔 생전의 법명이 큼지막하게 기재되어 있었다.

이때 앞서 들었던 목소리가 석실을 울렸다.

[마귀를 항복시키기 위해선 자신의 마음부터 항복시키
는 것이 순서일지니, 불심이 깊게 가라앉아 몸을 받치는

바닥을 이루면 뭇 마귀들은 그에 함부로 침범하지 못하고 물러나며 또한 엎드려 순종하게 될 것이다.]

그러곤 다시 정적이 흘렀다.

천공은 방금 그 말의 내용이 무엇인지 잘 알고 있었다. 그것은 과거 스승인 일화로부터 배운 항마정신의 요체였다.

그는 예의 목소리에 화답하듯 요체의 뒷부분 구결을 읊었다.

"마의 횡포함을 제압하기 위해선 먼저 자신의 횡포한 기질을 제어하는 것이 중요하다. 그 횡포한 기질을 평온한 심기와 합일해 새로운 조화의 길로 나아가라. 그리하면 마의 횡포함은 절대 심신을 침범해 들 수 없을 것이다."

별안간 중앙에 있는 미륵상의 팔이 움직였다.

끼리릭—

천공이 흠칫 놀라는 찰나, 미륵상의 손가락이 어느 한 곳을 가리켰다. 그는 냉큼 그 방향을 따라 시선을 옮겼다.

이곳에 보관된 항아리들 중 유독 새것처럼 보이는 항아리 한 개.

'저것은⋯⋯!'

항아리에 적힌 법명.

현담.

이십이 년 전, 천마존에 의해 목이 잘려 타계한 비운의 전대 장문 방장이었다.

장내에 가득하던 향연이 돌연 한데로 뭉쳐 현담의 유골이 보관된 항아리를 감쌌다. 그러자 뚜껑이 휙 열리며 그 안으로부터 찬란한 금빛 서광이 발출되어 석실을 가득 메웠다.

번쩍!

천공은 눈이 부셔 두 눈을 질끈 감았다.

직후, 한 줄기 부드러운 목소리가 귓전에 살포시 와 닿았다.

"네 법명이 무엇이냐?"

천공이 서둘러 눈을 뜨자 전면에 소림사 고유의 법복과 가사를 두른 노승이 서 있는 것이 보였다.

주름 가득한 이마에 선명히 찍힌 열 개의 계인, 구름처럼 허연 눈썹과 아랫배까지 드리운 긴 수염, 목에 걸린 백팔염주, 그리고 해탈의 경지에 이른 듯한 불심 깊은 눈빛……

천공은 그 노승을 처음 보지만 누구인지 대번 직감으로 알아차렸다.

"제자 천공, 사조님을 뵙습니다!"

천공이 예를 표하고 엎드려 절을 올리자 현담이 고개를 끄덕거리며 입을 열었다.

"일화의 제자인 듯싶은데, 노납이 인계(人界)를 떠난 이후에 본사로 귀의했더냐?"

천공이 감격한 목소리로 대답했다.

"그렇습니다, 사조님."

"불력과 마력의 합일이라……. 참으로 힘든 길을 택했구나. 게다가 지금은 본연의 힘을 대부분 잃고 천마존의 영혼까지 깃들었으니……."

그 말에 천공의 두 눈이 휘둥그레졌다.

"어, 어찌 아셨습니까?"

"네 심혼과 대환단에 깃든 노납의 심혼이 감응을 했기 때문이다."

"예?"

"서로의 혼기가 연결되었다는 뜻이지. 그로 인해 네가 지니고 있는 미약한 내공과 더불어 발현되지 못하고 있는 마공, 그리고 천마존의 존재까지 모두 느낄 수 있었느니라. 혹 이것이 꿈이라 생각하고 있는 것이냐?"

"꾸, 꿈이…… 아니란 말씀이십니까?"

"이곳은 노납이 대환단을 통해 접할 수 있도록 안배해 놓은 작은 심계란다. 네가 대환단을 복용하면서 자연스레 이곳으로 이끌린 것이지."

"아! 그렇다면 제가 복용한 대환단이 바로……."

"그래. 과거 노납이 삼십 년을 꾸준히 연단해 일화에게 준 대환단이니라."

천중이 칠 년 전 복마십팔관문을 통과하고 일화에게 상으로 받은 대환단이 설마 현담이 연단한 것이었다니.

참으로 기묘한 인연이었다.

"허허, 일화가 복용하지 않고 아껴 두었다가 제자인 네게 건넨 모양이구나. 아마도 노납이 이러한 안배를 숨겨 놓았으리라곤 예상 못했을 터. 하기야 알았다고 하더라도 분명 후대를 위해 양보했을 것이야. 암, 그것이 일화이지."

"사조님, 사실 제가 이 대환단을 얻게 된 경위는……."

천공은 무릎을 꿇고 앉은 채 지난 일들을 소상히 알려 주었다. 그의 이야기를 다 듣고 난 현담이 안타까운 표정을 지으며 나지막한 음성을 흘렸다.

"기어이 봉마전까지 열었단 말인가. 허어, 노납의 죽음이 괜한 분노의 짐을 남긴 것은 아닌지……. 번뇌를 벗고자 산사에 든 이들에게 도리어 번뇌를 심어 주고 말았구나."

그러자 천공이 자못 단호한 눈빛으로 말했다.

"아닙니다, 사조님. 무릇 수행자의 삶은 죽을 때까지 온갖 번뇌와 깨달음을 반복하기 마련입니다. 모든 수행자가 해탈의 경지에 이를 순 없는 법이지요. 그러니……."

"그러니 마음 쓰지 말라는 것이냐?"

"예. 의당 저희가 감내해야 할 짐입니다."

이에 현담이 온화한 미소를 띠더니 점잖게 일렀다.

"자, 남은 시간이 많지 않구나. 이제부터 네가 얻고자 하는 답을 주도록 하마."

"시간이 없다니, 무슨 말씀이신지……?"

"지금 네가 대면하고 있는 노납은 완전한 정신체가 아니란다. 영혼의 한 조각이라고 말하면 이해가 쉽겠느냐?"

"조금 알 것도 같습니다."

"즉, 이는 노납이 가진 지식과 마음의 일부를 떼어 심혼의 형태로 만들어 놓은 것일 뿐이다. 그래, 대환단이 가진 효능 중 하나라 여기면 될 것이야. 그렇기에 네 혼기와 연결이 되면 그때부터 효능을 발휘한 것이 되어 종내 힘을 다하고 사라지게 된다는 의미이니라."

"그렇군요. 이제 확실히 이해했습니다."

"영혼의 일편에 불과하기에 담고 있는 것이 많지 않으니 네가 구하고자 하는 답을 전부 줄 수는 없다. 하나 가능한 범위의 것은 전부 알려 주마. 부디 잘 활용하거라. 오늘 이후로 두 번 다시 날 볼 수 없을 터이니."

천공의 눈빛이 더없이 진중해졌다.

"알겠습니다. 그럼 여쭙겠습니다. 사조님께서 이러한 안배를 복용 시에 가장 먼저 발현되게끔 해 두셨던 것은…… 이 대환단이 뭔가 특별한 힘을 가진 까닭입니까?"

"그렇지. 노납이 만든 대환단의 효능은 일반 대환단과 다르단다. 그래서 먼저 심혼의 대화를 통해 제대로 깨우칠 수 있게끔 만들려는 의도였느니라."

"자세히 듣고 싶습니다."

"앞서 말했다시피 난 삼십 년을 연단해 이것을 완성시켰느니라. 보통 십 년 남짓 연단한 대환단은 단순히 내공 증가에 그치지만, 이 대환단을 복용하면 내공 증가와 함께 전신의 기맥을 새롭게 단련하고, 나아가 세맥(細脈)과 잠맥(潛脈)을 팔 할 가까이 타통할 수 있단다."

"팔 할!"

천공은 경악했다.

여느 기맥과 달리 혼자 힘으론 뚫기가 힘든 것이 바로

세맥과 잠맥이었다. 이러한 세, 잠맥은 많이 타통할수록 기의 흐름이 빨라져 운기조식이나 운기요상도 그 시간이 단축된다.

사실 웬만한 의서(醫書)에선 찾아볼 수도 없는, 이름 모를 무수한 세맥과 잠맥을 타통해 운용하는 건 일류 고수나 가능한 일이었다. 평범한 무인이 이를 일부나마 뚫으려면 영약의 힘을 빌리거나 절세 기인의 도움을 받거나, 또는 그야말로 비약적인 깨달음이 없이는 불가능했다.

당금 중원 최고수들이라는 십대무신조차 세, 잠맥을 오할 정도밖에 타통하지 못했다고 전한다. 하물며 다른 고수들이야 말해 무엇 할까.

대부분의 일류 고수들은 세, 잠맥을 삼 할 이상 뚫은 자가 드물었다. 그만큼 일 할의 차이도 어마어마한 것이었다.

물론 천공 같은 경우는 달랐다.

그는 날 때부터 소주천을 이루고, 또 대주천까지 가능한 하늘이 내린 무골. 때문에 무공을 익힌 지 삼 년 만에 세맥과 잠맥 일부를 뚫었고, 향후 항마조 조장이 됐을 땐 무려 육 할 이상을 타통해 자유자재로 운용했다.

하지만 팔 할이라니……

천공으로서도 선뜻 상상이 가지 않는 경지였다.

"하오나 현재 제 몸 상태론 그러한 효능을 기대하기가 어렵지 않겠습니까?"

현담이 잔잔한 미소를 그리며 말했다.

"그래. 위축된 기로를 완전히 열기 전까지는 큰 효능을 보기 힘들겠지. 하나 두 가지 변화가 너를 새로운 길로 인도할지니, 의당 네 선택에 달렸느니라."

귀가 솔깃한 말이었다.

"두 가지 변화가 무엇입니까?"

"현재 대환단의 기운은 한 덩어리로 뭉쳐 하단전으로 향하고 있단다. 그 과정에서 위축된 주요 기로를 조금 넓힐 수 있고, 그와 더불어 마광파천기의 충격으로 활동을 멈춘 세맥과 잠맥의 일부도 다시 눈을 뜰 것이야. 그리되면 이전에 비해 축기와 운기가 조금 편해질 테지."

천공의 두 눈이 흥분의 빛을 감추지 못했다.

"아! 그 정도만 되어도 제겐 아주 큰 도움이 될 것입니다! 여력의 내공만 있다면 기존의 마공도 어느 정도 구사할 수 있을 테니까요."

현담이 고개를 끄덕거리며 말을 이었다.

"다른 한 가지는 네가 익힌 심법의 묘용을 지금보다 더 많이 발휘할 수 있게 만들어 준다는 것이다."

천공은 또 한 번 흥분에 휩싸였다.

"저, 정말입니까?"

"네가 익힌 혜가선도심법은 현재 오 할의 묘용만 발휘할 뿐이라고 했더냐?"

"예."

"노납은 이 대환단에 혜가선도심법을 근간으로 하는 불력을 불어넣어 놓았다. 그 불력이 하단전 기해혈에 내공으로서 녹아들기 시작하면 자연히 혜가선도심법의 힘이 강화되느니라."

"오직 심법 운용만을 위한 내공이 따로 자리를 잡아 제 것이 된다는 의미입니까?"

"그렇지."

천공은 기쁜 가운데 잠깐 생각에 잠겼다. 그러다가 현담을 보며 물었다.

"하나 얻는 것이 있으면 잃는 것도 있겠지요? 아까 제 선택에 달렸다고 말씀하셨으니까요."

"맞다. 너는 그 두 가지 변화를 두고 선택을 해야 하느니라. 차후 대환단의 효능을 온전히 얻고자 한다면 내기의 응어리가 하단전으로 향하는 것을 막고 기로를 넓힐 방법을 찾을 때까지 기다림이 마땅하다. 하지만 두 가지 변화를 받아들일 생각이라면 내기의 응어리가 기해혈로 갈 수 있게 내버려 두어야 한다. 내기의 응어리가 주요 기로를 조금 넓히고, 또 심법에 필요한 내공으로 소모가 되면 그 크기는 절반으로 줄게 되느니라. 그럼 차후 얻게 될 효능 역시 절반 이하로 현격히 줄게 되겠지."

천공은 일말의 망설임도 없이 대답했다.

"전 후자를 택하겠습니다."

"일반적인 대환단과 마찬가지로 내공 증가의 효능만 남게 되고 세맥과 잠맥을 팔 할 가까이 타통하는, 그 엄청난 효능은 사라져 버리는데, 그래도 포기할 것이냐?"

"제가 무위를 회복하려는 것은 소림사의 뜻을 받들어 멸마의 길을 걷고자 함이지 다른 뜻은 없습니다. 그러니 기존의 힘만 되찾아도 충분합니다. 사실 그 이상의 경지를 바람은 본분에 어긋나는 사사로운 과욕일 것입니다."

현담이 흐뭇하게 웃었다.

"허허, 기특한지고. 일화가 참된 제자를 두었구나. 네 말이 맞다. 자신이 이루지 못한 경지에 대해 욕심을 부리는 것은 헛된 망념만 키울 뿐이니, 그것은 이미 이룩해 놓은 경지를 되찾고 지속해 나아감만 못할 것이야. 노납이 만든 대환단이 제대로 된 주인을 만난 듯해 참으로 기쁘도다."

천공이 고개를 깊이 숙여 감사를 표했다.

그 순간, 현담의 신형이 갑자기 흐릿하게 변했다. 덩달아 주변 경물도 안개처럼 뿌옇게 흩어지고 있었다.

"안타깝지만 시간이 다되어 가고 있구나. 또 묻고 싶은 것이 있느냐?"

"대환단의 불력이 내공으로 깃들면 혜가선도심법의 묘용을 극성으로 발휘할 수 있습니까?"

"그 여부는 네 오성에 달렸다."

"하오면 두 가지 변화와 함께 크기가 절반으로 줄어든 내기의 응어리는 앞으로 어떻게 되는 것입니까?"

"위축된 기로가 완전히 열릴 때까지 하단전에 자리를 잡고 때를 기다릴 것이다. 예전의 힘을 되찾는 것으로 만족한다면 다른 좋은 일에 써도 되느니라."

"예? 내기의 응어리를 타인에게 전해 줄 수도 있다는 말씀이십니까?"

"물론이다. 왠지 너라면 그리할 것 같구나."

현담의 모습이 한층 흐릿해졌다. 그것을 본 천공이 다급히 물었다.

"사조님! 혹시 기로를 완벽히 열 방도를 알고 계십니까?"

현담이 고개를 가로저었다.

"답할 수가 없구나. 범위 밖이다."

"그렇다면 본 무위를 되찾기 전에 천마존의 영혼을 멸할 방도는 없을까요?"

"그 역시 답할 수가 없구나. 자, 때가 되었느니라. 명심해라, 천공아. 정심을 잃지 않고 인내와 인종의 길을 나아간다면 네 언제고 반드시 원하는 바를 이룰 수 있을 것이다."

현담은 그 말을 끝으로 연기처럼 사라져 버렸다.

소림사의 정경을 그려 내던 안배의 심계는 그렇게 조용히 소멸했다.

어둠만 남은 공허한 공간.

그 가운데에 홀로 자리한 천공이 나지막한 음성을 흘렸다.

"사조님……."

*   *   *

대자로 드러누워 이런저런 생각에 잠겨 있던 천마존은 문득 기이한 변화를 느꼈다.

"음?"

아랫배로부터 뭔가 꿈틀대고 있던 것이다.

그는 불길한 예감에 황급히 일어나 하단전의 마기를 돌렸다. 그러자 내기의 응어리가 기해혈로 진입하고 있는 것이 감지되었다.

"윽, 이게 대체……."

마기의 접근을 불허하니 도저히 막을 방도가 없었다.

바로 그 순간, 한 줄기 전성이 뇌리를 울렸다.

[오래 기다렸나?]

다름 아닌 천공이었다.

천마존의 눈썹이 꿈틀 올라갔다.

"뭐야, 드디어 깨어난 것이냐?"

[내가 정신을 잃은 동안 축기를 많이 해 둔 모양이군.]

"흥, 당연하지."

[내가 깨어났을 때 즈음엔 힘을 삼분지 이 이상 되찾았을 것이라고 했던가? 어디 한 번 시험해 볼까?]

천공의 말에 천마존이 히죽 웃었다.

"후훗, 이전과 같진 않을 터."

하지만 입가의 웃음은 오래가지 않았다.

"크윽……! 이, 이럴 수가!"

신형이 한차례 떨림을 발하며 천공과 천마존의 심혼이 순식간에 자리를 맞바꿨다.

천마존은 어이가 없었다. 어느 정도는 저항할 수 있으

리라 여겼는데 너무 손쉽게 지고 말았으니까.

'제기랄! 이토록 쉬이 자리를 허락할 줄은……'

칠성의 내공 수위로 반쪽짜리 심법을 압박하지 못하다니, 제 입장에선 기가 막힐 노릇이었다.

천공이 희미한 미소를 그리며 말했다.

"따지고 보면 네 덕분에 뜻밖의 각성을 한 셈이군."

[놈! 그게 무슨 소리지? 기절한 사이에 모종의 심득이라도 있었단 뜻이냐? 말해 봐라! 어서!]

천마존이 사납게 다그쳤지만 천공은 들은 척도 않고 기를 돌려 자신의 몸을 살폈다.

'대환단이 만든 내기 응어리의 불력이 새 내공으로 자리를 잡고 있는 중이구나. 주요 기로도 일부분 확장이 됐어.'

이내 천공이 다짜고짜 가부좌를 틀고 운기조식에 돌입하자 천마존은 더 떠들기가 힘들었다.

'크음, 대환단이 어떤 작용을 한 것이 틀림없다! 그렇지 않고서야……'

그는 내기의 응어리를 파훼하지 못한 것이 두고두고 아쉬웠다. 예의 불가해한 현상만 없었으면 모든 게 계획대로 되었을 텐데.

그로부터 한 시진하고도 이각이 지난 무렵.

호흡을 고른 천공이 감은 눈을 뜨고 자리에서 일어나 두 주먹을 불끈 움켰다. 실로 오랜만에 느껴 보는 개운한 기감이었다.

'과연 사조님의 말씀대로……'

그는 이제 오 할에 그치던 혜가선도심법의 묘용을 거의 팔 할 정도로 발휘할 수 있게 되었다. 또한 주요 기로의 일부가 조금 확장이 되어 이전보다 많은 양의 축기까지 가능했다.

기적처럼 이뤄진 진일보(進一步)였다.

흑선을 만나기 전에 이러한 성취를 얻으리라곤 예상조차 못했는데.

[네놈, 설마 심법을 강화한 것이냐?]

"대환단의 힘을 너무 얕보고 있군. 네가 공력을 얼마큼 회복했는지 모르겠지만, 내 심법은 이제 불완전한 단계를 넘어섰다."

[갈! 허세 부리지 마라!]

"또한…… 이런 것도 가능하지."

천공이 그 말과 함께 하단전을 세차게 돌렸다. 직후 그의 신형 주위로 핏물과 같은 시뻘건 기류가 가닥가닥 피어오르기 시작했다.

츠츠츠츠츠츳.

패도적인 느낌을 물씬 풍기며 타오르는 붉은 기류들.

흡사 피를 갈구하는 마귀를 연상시키는 듯 어두운 기운이었다.

그것을 본 천마존이 경악성을 터뜨렸다.

[아니! 그 마기는…….]

천공이 두 눈을 번뜩이며 읊조리듯 중얼거렸다.

"그래, 잊지 않았구나. 널 죽음에 이르게 했던…… 바로 그 마공이다."

7장
혼적(痕跡)과 추적(追跡)

달지극은 경공술을 펼쳐 어둠이 짙게 서린 숲길을 빠르게 나아가고 있었다.

　'마경의 부름에 이끌려 혼을 팔지 않았다면 그대로 천마존의 손에 죽고 말았을 터.'

　천마존과 대면한 일촉즉발의 위기에서 마경의 부름에 이끌려 힘을 빌린 것이 구명의 한 수로 작용했다. 그야말로 극적으로 이뤄진 일이었다.

　하나 부활의 대가로 마경의 영력에 의해 지배를 당해, 죽지 않는 이상 그 영력으로부터 자유로울 수 없는 몸이 되고 말았다.

　입가에 문뜩 쓴웃음이 맺혔다.

앞서 고웅을 보며 마경의 영력에 의해 조종당하는 인형일 뿐이라 조롱했는데, 자신도 결국 같은 꼴로 전락했으니…….

그래도 후회는 없다.

어렵사리 임무는 완수할 수 있게 되어 다행이란 생각만이 머릿속을 채울 따름이었다.

달지극은 천으로 감싸 손에 쥔 마경을 힐끗 보았다.

'내가 고웅보다 회복의 묘용이 더 크고 그 속도마저 빠른 것은 일신의 성취가 더 높았기 때문인가? 아무래도 마경은 자신을 소유한 자의 능력에 비례해 그 힘을 부여하는 듯싶구나. 과연 대단한 신물이다. 음……?'

그는 별안간 신형을 우뚝 멈춰 세웠다.

멀지 않은 전방에 시커먼 복면과 장포를 두른 십여 명의 무리가 등장한 까닭.

그들은 하나같이 허리에 철검을 차고 예리한 기도를 내뿜었는데, 특히 선두에 자리한 복면인의 기도가 압도적이었다.

마치 거대한 한 자루 보검을 대하는 듯한 가공할 날카로움이 전신에 배어 있었다.

달지극은 그를 보자마자 황급히 부복하며 극진한 예를 갖췄다. 이에 예의 인물이 그 앞으로 조용히 다가서며 복면을 내렸다.

달빛 아래로 드러난 사이(邪異)한 분위기의 노안(老顔).

건(巾)을 둘러 높이 튼 상투에 흰 머리칼과 수염을 가진 칠순 노인은 바로 월양마가의 삼태사 중 일인인 월혼마태사(月魂魔太師) 백자개(白子塏)였다. 그리고 뒤쪽에 병풍처럼 도열해 선 무리는 그의 직속 무대(武隊), 월마검대(月魔劍隊) 소속의 검수들이었다.

백자개가 손을 내밀며 말했다.

"마경을 이리로."

달지극은 얼른 천을 풀어 마경을 건넸다. 잠시간 마경을 살피던 백자개가 목소리를 이었다.

"앞서 널 발견했지만 천마존이 갑자기 나타나는 바람에 부득이 몸을 숨기고 있었느니라."

"아, 전부 지켜보고 계셨습니까?"

"오해는 마라. 가주께선 네가 못 미더워 노부를 보내신 것이 아니다. 단지 만일의 사태를 대비하기 위함이었을 뿐. 결과적으론 가주께서 현명한 판단을 내리셨던 게지."

"제 어찌 감히 가주의 결정에 서운한 뜻을 품을 수 있겠습니까. 일단…… 그간의 일에 대한 보고부터 올리겠습니다."

달지극은 그 말과 함께 차분한 목소리로 일련의 상황을 빠짐없이 전했다. 그렇게 그의 이야기가 끝난 직후, 백자개가 턱짓을 보내자 월마검대 검수 한 명이 검을 뽑아 들었다.

스르릉.

그것이 무슨 의미인지 달지극도 모르지 않았다.

"안타깝지만…… 마경의 힘이 네 몸에 깃들어 있으니 예서 죽일 수밖에 없구나."

"후회는 없습니다."

"진심인가?"

"예. 어차피 본가로 가 임무를 완수하는 순간 끝날 목숨이었습니다. 제가 죽어야 몸에 깃든 마경의 힘이 제자리로 돌아갈 테니까요. 이미 마경의 부름에 이끌려 혼을 팔 때부터 각오했던 일입니다. 일찍 죽으나 나중에 죽으나…… 매한가지입니다."

얼굴 표정에서 천마존을 앞에 두고 두려워했을 때와 사뭇 다른 비장한 결심을 읽을 수 있었다.

"초월마장. 네 높고 큰 충정은 절대 잊지 않으마. 마지막으로 남길 말은 없느냐?"

"마가연맹의 대업에 일조를 하고 생을 마감할 수 있어 다행입니다. 후일…… 제 이름 석 자를 새긴 위패 하나나 만들어 주십시오. 그것으로 족합니다."

달지극은 즉각 무릎을 꿇고 앉아 목을 길게 뺐다.

이내 그의 곁으로 간 검수의 칼이 위에서 아래로 세차게 바람을 갈랐다.

쐐애액—! 투둑!

백자개는 선혈을 뿌리며 땅을 구르는 달지극의 머리를 응시한 채 나지막한 목소리를 발했다.

"가히 만고의 충신이라 할 만하구나. 너희도 부디 그의 고절한 자세를 본받도록 해라."

"예."

직후, 달지극의 시신에서 푸른빛을 발하는 구체가 치솟더니 마경으로 흡수됐다. 상대의 혼기를 빨아먹는 대가로 빌려 주었던 신비로운 힘이 다시 회수된 것이다.

백자개가 마경을 어루만지며 나지막하게 명을 내렸다.

"초월마장의 시신을 수습하라. 본가로 가거든 그의 넋을 기려 장사를 성대히 치를 것이니라."

*　　　　*　　　　*

막 진시(辰時:오전 7시~9시)가 된 무렵.

어둠이 걷히며 날이 푸름푸름 밝아 오기 시작하더니,

이내 사위가 훤하게 드러났다.

천공은 가뿐해진 몸을 이끌고 마을을 찾았다. 이윽고 저잣거리로 발을 들이자 일찍부터 많은 사람들이 이곳저곳에 모여 담화를 나누고 있었다.

"세상에, 하룻밤 사이에 갈응문이 멸문을 당하다니…… . 이게 대체 무슨 조화람?"

"안 그래도 조금 전 사거리의 게판에 붙은 긴급 방문을 읽고 왔네. 관아에서 조사한 바론 생존자가 아무도 없다고 쓰여 있더군."

"흥, 패악스러운 짓만 일삼더니 결국 천벌을 받았구먼! 속이 다 시원하네. 장차 이곳의 판도가 어찌 될지 모르지만, 당분간은 평화롭겠어."

"혹시 다른 도시의 강성한 무문이 이곳으로 진출하기 위해 과감히 일을 벌인 것은 아닐까?"

"뭐, 아마도 그럴 가능성이 크지 않겠나. 내 듣자 하니 최근 절강 지역의 강성 문파들이 금년부터 세를 불리기 위해 본격적인 경쟁에 돌입한다던데…… ."

"아! 그 소문은 나도 들었어."

"여하간 정파에 속한 문파가 이곳을 관리해 준다면 참 좋을 텐데. 그럼 앞으로 갈응문 같은 사파의 무리가 함부로 발을 못 붙일 것 아냐."

"내 말이……. 아무쪼록 그리되길 바라자고."

천공은 여기저기서 흘러나오는 수군거림을 뒤로하고 부지런히 걸음을 옮겨 소청이 있는 의원 앞에 당도했다.

빛바랜 명판이 걸린 정문을 열고 안으로 드니 싸리비로 좁다란 마당을 쓸고 있던 백발의 의자가 반색하며 가까이로 다가왔다.

"자네, 정말로 다시 와 주었군!"

천공이 빙그레 웃으며 말했다.

"예. 과거 스승님께서 입 밖으로 한 약속은 꼭 지키라고 가르치셨습니다."

"사실 자네가 방문하길 내심 기다리고 있었어. 내 오늘 일찍 산보를 나갔다가 관아의 긴급 방문을 보았는데, 놀랍게도 갈웅문이 시산혈해로 화해 패망했다는 내용이었네. 자네는 이미 알고 있겠지?"

그러곤 대뜸 천공의 얼굴을 뚫어져라 주시했다.

―자네가 한 일 아닌가.

더없이 진중하고 간곡한 눈빛이 그렇게 묻고 있었다.

천공은 그 눈빛을 접하자 차마 거짓말을 할 수가 없어 희미한 미소로 대답을 대신했다. 그러자 의자가 감격스러운 목소리를 발했다.

"아아, 장하네! 참으로 큰일을 해냈어! 내 칠십 평생을 살며 이토록 기쁜 마음을 가진 적은 처음일세. 어쩐지 자넬 첨 봤을 때부터 무어라 설명하기 힘든 묘한 느낌을 받았는데, 이제 보니 그것이 상서로운 조짐을 알리는 일종의 육감이었던 게야. 아마도 이곳의 아이들을 불쌍히 여긴 하늘이 구제의 신인(神人)을 보낸 모양이구먼. 허허허."

천공은 민망하다는 듯 손사래를 쳤다.

"전 그저 갈응문의 불의를 저지할 힘을 가진 사람들 중 한 명이었을 뿐입니다. 사실 제가 아니라도 언젠가 한 번은 반드시 일어날 일이었지요."

"정의를 위해 싸운다는 것이 어디 말처럼 쉬운 일인가. 노부는 그동안 수도 없이 봐 왔네. 겉으론 협심(俠心)을 외치지만 종내 불의와 적당히 타협하고, 퇴폐한 권력에 아부하고, 그 힘을 업어 민초를 괴롭히는 무인들을…… 과거 그런 식으로 갈응문에 포섭된 자들이 한둘이 아니었네. 그러니 노부의 칭찬을 쑥스럽다 여기지 말게. 지난밤 자네가 행한 일은 포강현 역사에 길이 남을 큰 공덕이야."

"칭송을 받고자 한 일이 아니기에 더 쑥스럽습니다.

부디 비밀로 해 주십시오."

"허허허, 요즘 같은 세상에 자네처럼 올곧은 젊은이가 있다니……. 알았네. 여부가 있겠나."

"제가 실은 사정이 있어 이곳에 오래 머물 수가 없습니다. 해서…… 어르신께 긴히 부탁드릴 것이 있습니다."

"그래, 일단 안으로 들어 이야기함세."

이내 내실의 작은 다탁(茶卓)을 사이에 두고 마주 앉은 두 사람. 뒤늦게 의자가 자신의 이름을 알려 왔다.

"우리 통성명부터 하세. 노부는 송유요(松癒樂)라고 하네."

천공 역시 자신을 소개했지만 사문은 밝히지 않았다.

협도(俠道)를 실천한 자가 굳이 사문을 함구하는 것에 대해 의심을 가질 법도 한데, 송유요는 너그러이 이해했다.

천공은 곧 소청을 비롯한 불우한 아이들을 위해 써 달라며 전표 다섯 장을 건넸다. 하지만 송유요는 늙은 몸이라 살날이 많지 않고, 또 그만한 재산을 관리할 그릇도 안 된다며 점잖게 거절한 후 오히려 다른 사람을 추천했다.

그 태도만 보더라도 송유요는 제대로 된 사람이었다. 자신을 낮추고 남을 높일 줄 아는 군자였다.

어제, 돈을 건네기가 무섭게 넙죽 받으며 입에 발린 소리로 감사를 표하던 이욱과 확연히 비교가 됐다.

천공은 그런 송유요의 인품이 마음에 들어 한층 더 고집을 부렸다.

그렇게 긴 실랑이 끝에 송유요는 자신이 소청은 책임지고 돌볼 테니 다른 아이들 일은 추천한 사람에게 맡기라며 타협점을 제시했다.

천공은 자못 아쉬웠지만 상대의 뜻이 워낙 완고해 결국 승낙하는 수밖에 없었다.

"그리고 부탁드릴 것이 하나 더 있습니다."

"무언가?"

"관아에선 분명 갈응문 터를 매물로 내놓을 것입니다. 제가 미리 사 놓을 테니, 어르신께선 그곳을 기반으로 해 포강현을 관리해 줄 정파 무문을 물색해 주시기 바랍니다. 향후 갈응문과 같은 무리가 두 번 다시 발호하지 못하게끔……."

송유요는 놀란 얼굴로 혀를 내둘렀다.

"그 터를 사려면 한두 푼 드는 것이 아닐 텐데, 자네 정말 마음 씀씀이가 대단하구먼. 그나저나 노부는 정파 무문과 아무런 연줄이 없네."

"그 연줄도 제가 대겠습니다. 절강 지역 동쪽의 구주

(衢州)엔 큰 상단(商團)을 운영하는 조진류(趙眞柳)란 무인이 있는데, 다름 아닌 소림사의 속가제자입니다. 제가 일단 소림사로 서신을 보내 조진류로 하여금 어르신을 찾아뵙게 만들 것이니, 그가 차후 이곳으로 오거든 도움을 받아 적당한 문파를 찾아보십시오. 그러면 일이 한결 수월할 것입니다."

"소림사로 서신을? 아니, 그것이 정말 가능한가?"

"예. 그러니 너무 염려 마십시오."

"허어, 정말 볼수록 대단하이. 가만, 자네도 혹시 소림사 속가제자가 아닌가?"

잠자코 있던 천마존이 코웃음을 쳤다.

[하! 속가제자가 아니라 파문제자다, 이 늙은이야.]

천공이 고개를 가로저으며 말했다.

"아닙니다. 그저 소림사와 약간의 연이 닿아 있을 따름이지요. 여하간 그 부탁도 들어주시는 것으로 알고 있겠습니다."

"그래, 그러지. 다른 곳도 아닌 소림사의 속가제자가 나서 준다면 자네 말마따나 일이 한결 수월할 듯싶구먼."

"참고로 소흥(紹興)의 쌍창종리세가(雙槍鐘離世家)와 동려(桐廬)의 청와검문(靑瓦劍門), 이 두 곳과 먼저 차례로 교섭을 해 보십시오. 그들이라면 아마 포강현에 따로 지부를 설치하는 데 큰 무리가 없으리라고 봅니다."

쌍창종리세가와 청와검문은 절강성 북부에서 큰 명성을 떨치는 정파 세력이라 송유요도 잘 알고 있었다. 그들 중 하나가 이곳을 맡아 준다면 실로 더할 나위가 없을 것 같았다.

천공은 곧 소림사로 보낼 서신을 작성하기 위해 붓과 종이를 빌렸다. 이에 송유요는 자연스럽게 자리를 비켜 주었다. 그가 밖으로 사라지기 무섭게 천마존이 전성을 보냈다.

[네놈, 힘을 어느 정도로 회복한 것이지?]

천공이 눈살을 찌푸렸다.

혜가선도심법의 묘용을 거의 팔 할 가까이 발휘할 수 있게 되었음에도 불구하고 여전히 천마존의 목소리를 차단할 수 없다는 것이 무척 신경 쓰였다.

'흐음, 아마도 내가 정신을 잃은 동안 축기를 통해 본연의 힘을 상당 수준으로 회복했기 때문이겠지.'

별안간 조사 현담의 전언이 뇌리를 스쳤다.

"대환단의 불력이 내공으로 깃들면 혜가선도심법을 극성으로 발휘할 수 있습니까?"

"그 여부는 네 오성에 달렸다."

'오성에 달렸단 것은 곧 기로를 활짝 열어야 극성 운용이 가능하다는 의미일 터. 나머지 이 할을 채우기 위해선 흑선을 만나 해법을 구하는 수밖에 없다. 현재로서는 그만이 유일한 희망이다.'

그러한 생각이 들자 새삼 흑선을 만나고 싶은 마음이 한층 커졌다.

천마존은 연신 전성을 보내며 성가시게 굴었지만 천공은 들은 척도 않고 차분히 글을 써 나갔다. 마침내 서신을 완성한 그는 붓을 놓으며 아담한 내실을 둘러보았다. 그러다가 벽 한쪽에 자리한 서가(書架)를 발견했다.

층을 따라 가지런히 꽂혀 있는 책들은 대부분 의서였는데, 문득 한 권의 책이 눈에 띄었다. 특이하게 표지가 시커먼 색으로 된 책이었다.

천공은 호기심이 일어 얼른 그 책을 꺼냈다.

신침비결(神鍼祕訣).

그러한 제목 바로 밑엔 실로 뜻밖의 이름이 적혀 있었다.

흑선 저(著).

천공이 놀라 두 눈을 부릅떴다.

'아니! 이것은 흑선이 저술한 침술 의서……?'

때마침 송유요가 문을 열고 안으로 들어섰다. 그를 본 천공이 흥분한 목소리로 물었다.

"어르신! 흑선을 아십니까?"

"흑선? 갑자기 그건 왜 묻는 겐가?"

"이 책……."

"아아, 신침비결 말인가?"

송유요가 그 소리와 함께 사연을 말해 주었다.

지금으로부터 십일 년 전, 강호를 떠돌던 흑선은 이곳 포강현에 발을 들였다.

그때 송유요가 우연한 기회로 그와 만나 의술에 대한 이야기를 나누는 자리를 가지게 되었는데, 신침비결은 당시 자리를 파하며 선물로 받은 것이었다.

그렇게 한 번의 만남만 가졌을 뿐, 달리 친분이 있는 사이는 아니었다.

"그런 일이 있었군요."

천공이 다소 실망한 눈빛으로 책을 놓았다.

"그의 학식은 실로 대단했네. 대화를 나누는 동안 연신 감탄을 금할 수가 없었어. 아무튼 신침비결을 공부한 덕분에 노부의 침구술(鍼灸術)도 만년에 이르러 한층 발전을 했지. 참으로 고마운 사람이야."

그런 송유요가 대뜸 물었다.

"자네, 혹시…… 은거한 흑선을 찾고 있나?"

천공은 머뭇거리다가 이내 솔직하게 말했다.

"예, 어르신. 실은 흑선을 만나기 위해 신비괴림의 흑운동으로 향하는 중입니다."

"그랬구먼. 뭔가 사연이 있는 듯싶으니 더 묻지 않겠네. 책의 마지막 장을 보게. 아마 자네에게 도움이 될 것이야."

천공은 서둘러 신침비결의 마지막 장을 폈다. 그러자 거기엔 놀랍게도 흑선이 기거한다는 흑운동의 위치가 간략한 약도로 그려져 있었다.

"아……!"

비록 길이 자세하진 않았지만 대략적인 위치를 가늠하기엔 충분했다.

'신비괴림 북서쪽의 절곡……! 과연 그 여인의 말이 맞았구나. 비로소 확신을 갖게 됐어!'

방금 속으로 말한 '그 여인'는 도대체 누구인가.

"어때, 도움이 되었나?"

송유요의 물음에 천공이 환한 웃음을 지었다.

"물론입니다, 어르신! 설마하니 흑운동의 약도를 여기서 보게 될 줄은 미처 예상도 못했습니다."

"그 약도는 흑선이 직접 그린 것이네. 당시 그가 책을 건네며 이렇게 말했지. 자신은 몇 년 뒤 은거를 할 계획이니 혹여 만나야 일이 생기거든 약도를 참고하라고……. 실은 오륙 년 전쯤 의술에 대한 조언을 얻고자 한 번 가 볼까, 하는 생각을 품었지만 곧 뜻을 접고 말았어. 신비괴림에 선뜻 발을 들일 용기가 나지 않은 게지. 노부와 달리 자네는 참으로 용감하구먼."

천공이 고개를 가로저었다.

"용감한 것이 아니라 절박하기 때문이지요. 참, 소청은 깨어났습니까?"

"안 그래도 그것 때문에 왔네. 눈을 뜨자마자 제 어미와 자네를 번갈아 찾더구먼. 자, 어서 가 보게."

"아저씨!"

병소의 침상에 누워 있던 소청이 눈을 반짝이며 천공을 반겼다. 그는 얼른 침상 옆으로 가 소청의 뺨을 어루만지며 읊조리듯 나지막이 말했다.

"청아, 걱정하지 마라. 아저씨가 다 해결했단다. 앞으로 두 번 다시 나쁜 어른들이 널 괴롭히는 일은 없을 것이다."

"진짜요?"

소청은 동그란 눈알을 굴리다가 이내 울음을 터뜨렸다.

"흐아앙…… 흐아아앙…… 흐아아앙……!"

"그래, 맘껏 울어라. 그러면 속이 좀 편할 테니."

천공은 그런 소청을 품에 안곤 등을 토닥거려 주었다. 한옆에 선 송유요는 그 모습을 흐뭇하게 바라보았다.

제 설움에 겨워 슬피 우는 소녀.

고작 열 살의 나이로 그 모진 시련을 감내하느라 얼마나 힘들었을까. 얼마나 이 세상을 원망했을까.

천공은 지난 몇 년 동안 소청이 받았을 고통을 생각하니 코끝이 찡했다. 덩달아 송유요도 울컥했는지 고개를 뒤로 돌려 콧물을 훌쩍거렸다.

이윽고 앙증맞은 손으로 눈물을 닦은 소청이 울먹울먹하면서 말했다.

"아저씨, 엄마가 너무 보고 싶어요. 집에 가고 싶은데…… 같이 가 주시면 안 돼요?"

아직도 바깥이 무서운 모양이었다. 하기야 하루 이틀 만에 극복할 수 있는 두려움이 아닐 터. 주변에서 정을 갖고 긴 시간 꾸준히 보살펴 주어야 다시 여느 아이처럼 밝게 지낼 수 있을 것이다.

천공은 차마 그 부탁을 들어줄 수가 없었다. 만약 소청의 모친이 지금 모습을 보게 된다면 가슴을 치며 피눈물을 흘릴 테니까.

그는 좋은 말로 소청을 타일러 의원에 머물도록 한 다음 마당으로 나왔다.

이내 뒤따라 나온 송유요가 물었다.

"자넨 금일 중으로 떠날 참인가?"

"예. 서신을 부친 다음 어르신께서 추천하신 분을 뵙고, 또 관아에 들러 갈응문 터를 매입한 후에 다시 이리로 오겠습니다."

"그래, 알았네."

천공은 발 빠르게 움직여 정오가 되기 전에 모든 일을 처리했다.

덕분에 어제 금룡전장에 맡겨 둔 돈을 대부분 써 버렸지만, 오히려 큰 보람을 느꼈다. 또 남을 위하는 것은 곧 나를 위하는 것이란 사문의 현오한 가르침을 새삼 되새기는 계기도 됐다.

점심 무렵, 의원을 다시 방문한 천공이 조용히 송유요를 불러 작별을 고했다.

송유요가 못내 아쉬운 얼굴로 길을 떠나기 전 소청을 한 번 더 보고 가라고 권했지만, 천공은 정중히 거절했다.

"어차피 떠날 몸인데 자꾸 정을 붙이면 청아에게 되레 상처만 남길 것입니다. 이대로 말없이 가는 것이 좋을 듯싶으니…… 아무쪼록 뒷일을 잘 부탁드립니다, 어르신."

송유요는 천공의 손을 덥석 잡으며 감격한 눈빛으로 말했다.

"자네의 공을 절대 잊지 않을 것이네. 나중에 기회가 되면 이곳을 꼭 다시 들러 주게. 꼭……!"

천공은 반드시 그러겠노라고 대답한 후 곧장 마구간으로 가 짐을 실어 놓은 말을 찾았다.

소청의 얼굴이 연신 눈앞에 아른댔다. 하지만 이내 흔들리는 마음을 바로잡고 안장에 몸을 실었다.

"이랴!"

경쾌한 말발굽 소리와 함께 뿌연 먼지 타래가 연기처럼 치솟았다.

따가닥, 따가닥, 따가닥—!

오래지 않아 외곽 산길로 접어든 천공은 등 뒤로 멀어지는 마을을 보며 속으로 말했다.

'소청아, 재회할 때까지 부디 건강해라.'

불현듯 천마존의 불만 섞인 전성이 뇌리를 울렸다.

[어서 말해라! 힘을 어느 정도로 회복한 게냐?]

천공이 질린다는 듯 고개를 절레절레 흔들었다.

"그러는 너부터 밝혀 봐라. 보아하니 힘을 삼분지 이 이상 되찾은 수준은 아닌 듯싶은데, 혹시 축기가 뜻대로 안 된 건가?"

[크흐흣, 헛짚었구나. 본좌는 힘은 이미 극성을 바라보고 있느니라.]

"훗, 우습군. 겨우 그런 말에 속을 정도로 내가 멍청하게 보이나? 네 말대로 천마신공이 팔, 구성이 넘는 수위에 이르렀다면 내가 심법을 운용하자마자 그토록 쉽게 심혼의 자리를 빼앗기진 않았을 테지."

[놈! 그 빌어먹을 대환단으로 인해 기로를 조금 넓힌 모양인데, 기고만장하지 마라! 마공의 일부를 구사하게 되었다고 우쭐대다간 큰코다치는 수가 있어!]

"다시 한 번 말하지만, 내 심법은 불완전한 단계를 넘어섰어. 큰코다치게 만들어 주고 싶다면 어디 심법부터 깨 보시지. 하나 생각처럼 쉽진 않을 거야."

천마존이 문득 의미심장한 투로 물었다.

[가만. 네놈 설마…… 심법 운용에 필요한 별도의 내공을 따로 얻었느냐?]

천공은 내심 놀랐다.

'흠, 역시 산전수전 다 겪은 노마두(老魔頭)답게 자못 눈치가 빠르군.'

[제기랄! 오직 심법 운용만을 위한 내공이 따로 자리를 잡은 게로구나! 어때, 내 말이 맞느냐?]

"맞아."

천공이 순순히 인정하자 천마존은 생각에 잠겼다.

'그래, 어쩐지 좀 이상했지. 기로를 조금 넓혔다고 해서 내공의 양이 갑자기 확 늘어날 리는 만무하니…….. 심법을 높은 수준으로 운용할 내공이 따로 있으니 축기한 내공으로 마공까지 구사할 수 있던 것이야. 쳇! 이제 보니 대환단이 한 가지 작용만 한 게 아니었군.'

그는 슬그머니 초조한 마음이 일었다.

'크음, 흑선을 만나기 전에 어떻게든 놈의 육신을 다룰 기회를 잡아야 하는데…….'

그래야 자신이 직접 흑선과 문답을 주고받으며 팔성 수위로의 축기와 관련한 난제를 풀 수 있을 테니까.

한편, 천공은 또 천공대로 생각에 잠겨 있었다.

'함부로 남을 해치려는 마음을 가져서는 안 되지만, 남이 나를 해치려는 것에 대비하는 마음이 없어서도 안 된다. 장차 이 늙은 마귀가 또 무슨 수작을 부릴지 알 수

없으니 흑선을 만나기 전까진 각별히 주의하자.'

                    *   *   *

　엿새 뒤, 정오 무렵.

　단희연과 귀견옹이 탄 마차가 포강현에 당도했다.

　두 사람은 마을 정경 따윈 감상할 틈도 없이 곧장 귀견들을 풀어 천공의 행적을 조사해 나갔다.

　단희연은 귀견 두 마리의 목줄을 양손에 쥔 채 저잣거리로 발을 들였다. 물론 그녀 자의가 아닌, 귀견들이 냄새를 추적해 그리로 이끈 것이었다.

　단희연의 등장에 거리를 오가는 사내들은 저마다 눈을 힐금거렸다. 대놓고 히죽히죽 웃으며 추파를 던지는 자들도 더러 있었다.

　붓으로 그린 듯 섬려한 얼굴에 윤기가 흐르는 긴 흑발, 버들잎인 양 미끈히 뻗은 두 다리, 몸에 착 감겨 육감적인 굴곡을 한층 돋보이게 만드는 붉은 의복 등 그녀의 아리따운 자태는 뭇 사내들의 시선을 사로잡기에 충분했다.

　하지만 다들 적당히 거리를 두고 지켜보기만 할 뿐, 선뜻 접근하는 이는 아무도 없었다. 특유의 차가운 인상과 허리춤에 걸린 칼도 한몫을 했지만, 가장 큰 이유는 시뻘건 안광을 발하는 두 마리 귀견 때문이었다.

단희연은 내심 그 상황이 재미있었다.

'훗, 귀견들 덕분에 남정네들이 집적거리지 않으니 꽤 편한걸?'

그러다가 어느 한곳에서 발걸음을 우뚝 멈췄다. 아니, 귀견들이 멈춰 서자 따라 멈춘 것이었다.

금룡전장 지점.

'옳아, 그 사내가 이곳을 들렀단 말이지?'

두 눈을 반짝인 단희연은 더 생각할 것도 없이 전장 안으로 향했다.

일다경쯤 지났을까.

밖으로 나온 그녀는 꽤 흡족한 표정으로 귀견들의 목줄을 잡았다.

'천공! 드디어 이름을 알게 되었구나. 듣자 하니 재산도 상당한 모양인데…… 혹 이곳 포강현에 살고 있는 건가?'

조사는 다시 재개되었고, 귀견들은 엿새 전 천공이 남기고 간 냄새를 쫓아 부지런히 움직였다.

한참 뒤, 단희연과 귀견옹이 한 장소에서 만났다.

그곳은 다름 아닌 갈응문 정문 앞의 널따란 거리.

갈응문 현판은 이미 사라지고 없었다. 또한 인기척도

전무했다.

"여기가 어디죠? 꽤나 큰데……."

그녀가 담벼락 너머로 치솟은 전각들을 보며 묻자 귀견 옹이 의미심장한 눈빛으로 입을 뗐다.

"제가 조사한 바에 의하면, 갈응문이란 문파가 관리하던 곳이라는군요."

"관리하던 곳?"

"예. 우습게도 불과 엿새 전에 멸문을 당했다고 합니다. 하룻밤 사이에 팔백 명이 남김없이 모조리 죽었다고……."

"네?"

"냉옥검녀께선 어찌 보십니까? 그 사건이 왠지 우리가 찾는 자와 깊은 연관이 있는 것 같지 않습니까?"

"흠, 그렇게 생각해요?"

"예. 귀견들이 이곳으로 인도했으니, 어떤 식으로든 연관이 있는 것 아니겠습니까?"

귀견옹은 그 말이 끝나기가 무섭게 귀견들을 향해 뜻을 알 수 없는 주문 같은 말을 중얼댔다.

그러자 귀견들이 저마다 나지막이 목청으로 소리를 냈다.

타인은 알아듣지 못할, 그들만의 대화법이었다.

이윽고 귀견옹이 두 눈에서 이채를 뿜으며 단희연에게
정중히 부탁했다.

"놈은 아마도 이 포강현에서 하루 이상 머문 듯싶습니
다. 죄송하지만 저와 함께 좀 더 수고를 해 주시겠습니
까?"

"물론이에요. 천공의 정체에 대한 단서를 더 확보할 수
있다면야……."

"호오, 벌써 이름을 알아내셨습니까?"

"운이 좋았죠. 아무튼 반 시진 뒤에 여기서 다시 보도
록 해요."

"알겠습니다. 그럼 전 이만……."

귀견옹은 곧 귀견 여덟 마리를 이끌고 길 저편으로 사
라졌다. 직후 단희연도 두 마리 귀견과 함께 반대편으로
걸음을 옮겼다.

그로부터 일각 즈음 지났을 때였다.

귀견들이 돌연 컹컹! 짖으며 빠르게 내달리기 시작했
다. 그에 단희연도 보법으로 속도를 맞춰 내달렸다.

'갑자기 왜 이러지? 그의 냄새가 진하게 남아 있는 곳
을 감지한 건가?'

번화한 사거리를 지나 변두리로 나온 귀견들이 마침내
한 건물 앞에 이르러 우뚝 멈췄다.

그곳은 다름 아닌 송유요의 의원이었다.

두 귀견은 시뻘건 눈으로 기광을 뿜으며 빛바랜 정문을 향해 나지막이 으르렁댔다.

'의원……? 귀견들 반응으로 보아 그 사내가 이곳에 머무른 모양이구나. 아니, 어쩌면 여기 있을 수도…….'

단희연은 흐트러진 머리칼을 쓸어 넘기며 두 귀견을 진정시킨 후 문을 밀고 조심스럽게 발을 들였다. 그 내부의 협소한 마당엔 풍로가 여러 개 놓여 있었고, 저마다 약탕관이 얹혀 보르르 끓는 소리를 자아냈다.

단희연의 눈동자가 전, 좌, 우 삼방에 자리한 건물들을 차례로 담았다.

전방에 보이는 소축은 송유요의 거처, 좌측 곳집은 약재를 보관하는 곳, 그리고 우측 건물이 진료소였다.

그녀는 더 생각할 것도 없이 진료소로 향했다.

안으로 들기가 무섭게 사십 대 의생이 얼른 곁으로 와 인사말을 건넸다.

"어서 오십시오. 혹시 송 의백(醫伯)을 찾아오셨습니까? 죄송하지만 송 의백께선 급한 용무로 자리를 비우신 터라 제가 대신 진맥을 보고 있습니다."

'송 의백? 그렇다면 천공이 소유한 의원은 아니구나. 부상 따위를 치료하기 이곳에 잠시간 머무른 건가?'

단희연은 그 생각과 함께 초상화를 꺼내 보이며 물었다.

"실은 한 가지 여쭙고 싶은 것이 있어 들렀어요. 혹시 이렇게 생긴 사내가 방문한 적 없나요?"

천공의 초상화를 바라보던 의생이 고개를 가로저었다.

"제가 있는 동안엔 보지 못했습니다."

"이곳에 얼마나 계셨죠?"

"실은 하루밖에 안 됐습니다. 전 원래 건넛마을의 의생인데, 송 의백의 부탁으로 딱 이틀만 일을 대신 봐드리고 있는 중입니다."

단희연은 다소 실망스러운 눈빛을 지었다.

"송 의백…… 이란 분은 내일 오시나요?"

"예. 아마도 송 의백께선 알고 계실 듯싶군요. 내일 늦은 오후나 저녁 즈음에 한 번 방문해 보십시오. 아, 기왕 걸음 하셨으니 차라도 한잔 드릴까요?"

"그럼 감사하죠. 안 그래도 갈증이 났는데."

"마침 냉차(冷茶)가 있습니다. 잠시만 기다려 주십시오."

의생이 밖을 나간 직후 단희연은 초상화를 탁자에 내려놓으며 한숨을 푹 내쉬었다.

그때, 뒤쪽 병소의 칸막이 너머로 자그마한 인영이 고

개를 빠끔히 내밀며 목소리를 발했다.

"어? 아저씨 얼굴이다."

고개를 뒤로 돌린 단희연의 두 눈이 이채를 머금었다.

깨물어 주고 싶도록 깜찍하고 귀여운 얼굴의 소녀. 다름 아닌 소청이었다.

"꼬마야, 이 사람을 알고 있니?"

그러자 소청이 동그란 눈을 깜박이며 대답했다.

"네, 알아요. 무지무지 착한 아저씨예요. 얼마 전에 절 만날 가둬 놓고 때리던 나쁜 사람도 혼내 주셨어요."

"어머, 그래?"

반색한 그녀는 냉큼 병소의 침소로 가 소청과 얼굴을 마주했다.

"지금 어디에 있지?"

소청의 표정이 약간 시무룩하게 변했다.

"인사도 없이 떠나셨어요. 엿새 전에……."

단희연은 조용히 고개를 끄덕거리며 속으로 중얼거렸다.

'엿새? 구화산을 지나면서부터 쉬지 않고 예까지 온 보람이 있구나. 보름의 간극을 반 넘게 줄였어.'

여전히 한발 뒤처졌으나 예서 단서를 얻은 다음 속도를 붙이면 수일 내로 따라잡을 수도 있을 듯했다.

"근데 언니는 누구세요? 진짜 무지무지 예뻐요. 우리 엄마보다 더 예쁜 것 같아요. 헤헤."

소청의 애교스러운 말투에 단희연은 미소를 지으며 그녀의 머리를 쓰다듬었다.

"네가 나중에 커서 아가씨가 되면 언니보다 더 예쁠 것 같은데?"

냉옥검녀란 별호와 자못 어울리지 않는, 더없이 온화한 표정이었다. 예전 귀검성 사내들 앞에선 이런 표정을 한 번도 내보인 적이 없었다.

"네 이름이 뭐지?"

"소청이에요."

"청아, 언니가 한 가지 비밀을 말해 줄까? 그 아저씨는 사실…… 언니와 혼인할 사람이란다."

"우와, 정말요?"

"응. 그런데 어느 날 말도 없이 여행을 떠난 바람에 언니가 이렇듯 애타게 찾아다니는 중이지."

"왜요?"

"음, 글쎄? 언니도 그 이유가 궁금한걸."

단희연은 아무것도 모르는 순진한 아이를 상대로 거짓말을 한 것이 조금 미안했다.

하지만 어쩌겠는가, 이게 다 밥줄과 목숨이 달린 임무

때문인 것을.

그녀는 눈높이를 맞추며 다정한 목소리로 말했다.

"그러니까 네가 좀 도와주렴, 그이를 찾을 수 있게끔. 자, 너랑 아저씨 사이에 무슨 일이 있었는지 나한테 자세히 알려 주겠니?"

소청이 볼우물을 만들며 쌩긋 웃었다.

"네, 언니."

*　　　*　　　*

"확실한가?"

귀견옹이 날카로운 눈빛으로 묻자 점소이가 목을 움츠리며 나지막이 대답했다.

"그, 그렇습니다. 절강성에 구경할 곳이 많아 유랑 중이란 말과 함께 포강현을 떠나 안탕산으로 간다고, 분명 그렇게 들었습니다. 그 외에 다른 대화는 없었습니다."

현재 이곳은 일전 천공이 들른 이층짜리 반점. 귀견들이 냄새를 추적해 귀견옹을 이리로 인도한 것이었다.

돌연 귀견 한 마리가 일층 구석에 자리한 탁자로 가 나지막이 으르렁거렸다. 그것을 본 귀견옹이 다시 점소이를 보며 물었다.

"그가…… 저곳에 앉았나?"

"예, 맞습니다. 인상이 좋고 태도가 워낙 공손해 아직도 선명히 기억하고 있습니다."

"알았다."

귀견옹은 겁먹은 점소이에게 돈 몇 푼을 건넨 다음 귀견들을 이끌고 갈응문 쪽으로 향했다. 오래지 않아 그곳에 도착하니 단희연이 이미 와서 기다리고 있었다.

"어떻게 됐죠?"

"놈은 안탕산으로 향한 것이 확실합니다. 다소 피곤하시겠지만, 사나흘만 더 고생하면 끝날 터이니 길을 서두르는 게 좋을 듯싶습니다."

귀견옹의 말에 단희연은 길옆의 갈응문을 우두커니 바라보며 상념에 잠겼다.

"분명 그렇게 말씀하셨어요. 아저씨가 전부 해결했다고요. 나쁜 어른들이 다시는 날 괴롭히지 않을 거라고요. 언니, 아저씨가 너무 보고 싶어요. 어젯밤에도 아저씨 꿈을 꿨어요. 히잉……."

'그가 정말로 청아를 위해 갈응문을 멸했단 말인가?'

자신은 비록 사파에 속했지만 천공의 정의로운 행동엔 감탄하지 않을 수 없었다. 그가 진정으로 소청을 위해 일을 벌인 것이라면 실로 칭찬받아 마땅할 의협심이었다.

'혹시 예전 음강을 죽인 것도 같은 맥락일까?'

어쩌면 단순히 음강의 전표를 노린 것이 아닌, 그가 불의한 짓을 행하는 걸 목격하고 손을 쓴 것일지도 모른다는 생각.

'자신을 돌보지 않는 저돌적인 협행이라…… 흠, 왠지 부럽네. 나도 사류(邪類)의 검술을 익히지 않았다면 지금쯤 정파에 속해 여협(女俠) 칭호 정도는 얻었을 텐데. 안타깝게도 첫발을 잘못 내디뎠어.'

그랬다.

사파라 해서 모두가 사행(邪行)을 일삼친 않았다.

심성에 관계없이 단희연처럼 무공 형식 자체가 악독하고 잔인하면 사파로 치부되기 마련이었다.

그래서 정파 무문들은 사류의 무공을 익힌 무인이 입문을 청하더라도 사절하는 경우가 다반사였다. 물론 예외도 있지만, 그러한 경우는 지극히 드물었다.

사도, 정도.

흑백논리에 기인한 그릇됨과 올바름의 기준.

모든 것을 포용할 듯이 광활하게 펼쳐진 이 강호 세계

의 관습적인, 또한 이분법적인 편견과 병폐랄까.

단희연도 무림에 갓 출도했을 때 정파 무문에 적을 두고자 이곳저곳 문을 두드렸다.

하나 현실의 장벽은 높았다. 입문 면접을 보기만 하면 사류의 검술을 익혔다는 명목으로 번번이 박대와 거절을 당했다.

그렇듯 좌절을 맛보고 방황하던 그때, 손길을 뻗친 것이 바로 귀검성이었다.

생계를 잇는 것이 시급했던 그녀는 어쩔 수 없이 그날로 귀검성의 일원이 되었고, 오늘날에 이르러선 사파 내의 유명한 여검수 중 한 명으로 확고히 자리매김했다.

뇌리로 문득 유명을 달리한 스승의 얼굴이 떠올랐다.

멸절검모(滅絕劍母) 이향금(異香錦).

한때 강남 지역을 중심으로 활약하며 큰 명성을 떨친 여검수.

과거 이향금은 어디에도 적을 두지 않고 바람처럼 강호를 떠돌았는데, 그러다가 늘그막에 우연히 들른 마을에서 남다른 재능을 가진 단희연을 발견하고서 제자로 거두게 됐다.

그녀는 그렇게 다년간에 걸쳐 멸혼회무검법(滅魂回舞劍法)의 요체를 모조리 전수한 후, 단희연이 열여섯 살이 됐을 무렵 천수를 다하고 생애를 마쳤다.

'사부님께서도 어쩌면…… 강호의 편견을 견디지 못해 낭인의 삶을 택하셨던 것은 아닐까?'

단희연이 기억하는 이향금의 성품은 사도의 무리와 거리가 한참 멀었다. 오히려 광명정대한 여걸에 가까웠다. 오랜 기간 스승으로 섬기며 정당한 명분 없는 살인을 행하는 것은 단 한 번도 본 적이 없었다.

그럼에도 불구하고 멸절검모란 별호는 세인들 뇌리에 사파를 대표한 여고수로 남아 있을 따름이었다. 생전 그녀가 구사한 멸혼회무검법의 초식이 너무나 잔학했기 때문이다.

단순히 그 이유가 전부였다.

단희연의 경우도 마찬가지.

그녀는 비록 귀검성의 일원이었지만 이향금을 본받아 인의를 저버리는 일은 절대 삼갔다. 하지만 그 지조를 알아주는 사람은 거의 전무했다.

'사부님, 죄송해요. 제가 너무 성급했어요. 애초에 귀검성과 연을 맺는 것이 아닌데……'

당시로선 어쩔 수 없는 선택이었다.

병들어 누운 홀아비를 보살피려면 당장 일과 돈이 필요했으니까. 자신이 가계를 꾸리지 않으면 안 되는 절박한 상황이었으니까.

'천공…… 과연 정체가 뭘까? 어쨌든 갈응문을 멸문 시킨 것만 가지고 섣불리 판단하지 말자. 어쩌면 모종의 이득을 취하고자 그럴싸한 명분을 빌린 것일 수도 있으니 까.'

옛말에 열 길 물속은 알아도 한 길 사람 속은 모른다고 했잖은가.

지금까지 칼밥을 먹고 살며 겉과 속이 다른 음침하고 흉악한 무리를 수도 없이 봐 왔다. 그러니 천공의 사람됨 역시 갈응문 사건 하나만 놓고 단정하기엔 무리가 따랐 다.

이럴 땐 직접 대면하는 것이 가장 좋은 방법일 터. 그 런 생각에 단희연은 선홍빛 입술을 지그시 깨물었다.

'계획을 조금 수정해야 되겠어. 행방을 쫓는 것에 그치 지 말고 일단 그와 대화를 나눠 보자. 그럼 어느 정도 파 악이 되겠지. 한데…… 만약 올곧은 성품을 가진 인물이 라면 난 어떻게 처신해야 하지?'

양심에 기인한 고민이었다.

천공이 곤경에 처한 백민(白民)을 위하는 인물이란 가 정하에, 그런 자가 본성 고수들 손에 죽임을 당한다면 큰 자책을 느낄 것 같았다.

그렇다고 일부러 행적을 찾지 못했다 보고하면 성주 구예의 칼 아래 자신의 목이 달아날 것이다.

'내 입장에선 정도의 협사가 아니길 바라는 수밖에……. 휴, 괜히 머릿속만 복잡하니 그의 실체를 알고 난 뒤에 다시 고민하자.'

한편, 귀견옹은 그녀가 깊은 상념에 잠겨 한참 동안 말이 없자 보채듯 물었다.

"무슨 생각을 그리 깊게 하십니까?"

그제야 단희연의 눈동자가 초점을 되찾았다.

"그 천공이란 자……."

"예?"

"갈응문을 멸문시킨 게 바로 그인 모양이에요."

"역시 제 예상이 맞았군요. 후훗, 새삼 놈의 신분이 궁금합니다. 어디 문파에 속한 무인은 아닌 듯싶은데, 혹 강호를 떠돌며 자신의 무위를 시험할 겸 살행(殺行)을 걷는 낭인 고수는 아닐까요?"

단희연이 손사래를 쳤다.

"그자는 대의와 명분을 내세우는 인물이에요. 표면적으론 그래요."

그러면서 소청으로부터 들은 이야기를 전했다.

"호오, 그것참 뜻밖이군요. 그렇다면 놈이 정파 쪽 인물일까요?"

"아뇨. 기실 그의 손속은 사류가 아니라 마류(魔類)라 불러도 손색이 없을 만큼 몹시 잔학무도했어요. 예전 음강의 시신 상태가 그러한 사실을 증명했죠."

"예? 상태가 어떠했기에……."

"마치 바위에 짓이겨진 고기처럼 형체를 알아보기 힘들 정도로 끔찍한 모습이었어요. 뼈와 살이 분리되고 오장육부가 으스러진……."

단희연은 그 말과 함께 미간을 찡그렸다. 생각하기조차 싫다는 듯이.

"그렇군요. 정파 무문이 그런 마류에 가까운 무공을 가진 인물을 포용할 리는 만무하지요."

"네. 아마 갈응문 문도들도 같은 꼴을 당했을 테죠. 여하간 정파 쪽 인물이 아닌 것만은 확실해요."

그때, 귀견옹이 자못 무거운 눈빛으로 입을 열었다.

"설마…… 진짜 마도인은 아니겠지요?"

덩달아 단희연의 눈빛도 무겁게 가라앉았다.

두 사람은 그러다가 서로 시선을 마주하며 동시에 고개를 가로저었다.

"그럴 리가요."

"그럴 리는 없겠지요? 커험."

곧이어 귀견옹이 손가락으로 북쪽을 가리키며 물었다.

"참, 천공이 관아에 들렀단 것도 확인했습니다. 이곳을 떠나기 전에 한 번 가 보시겠습니까?"

"됐어요. 괜히 관아와 엮여 좋을 것 없잖아요."

"전서구(傳書鳩)는 어찌할까요? 놈의 목적지를 확보했으니 귀검성에 알려야 되지 않습니까?"

"아직은 아니에요. 실은…… 계획을 조금 수정해 내가 직접 천공과 대면해 이야기를 나눠 볼 참이거든요. 본성으로 전서구를 띄우는 것은 그다음이에요."

귀견옹이 뜻밖이라는 듯 눈을 휘둥그레 떴다.

"예?"

"우선 그렇게 알고 있어요. 자, 서두르죠."

단희연은 말이 끝나기가 무섭게 늘씬한 다리를 움직여 길을 나아갔다. 조용히 그 뒤를 따르던 귀견옹이 두 눈을 가늘게 떴다.

'뭐지? 갑자기 심경에 변화가 인 것인가? 흐음……'

*　　　　*　　　　*

중원을 둘러싼 변경, 새외무림.

그중 마도 세력이 유독 밀집해 있는 곳이 바로 서쪽 지역이다.

천산(天山)에 자리하던 천마교는 비록 멸망했지만, 서쪽 지역엔 아직도 이십여 개의 크고 작은 마도 세력이 신강(新疆)과 서장(西藏) 일대에 둥지를 튼 채 위세를 떨치는 중이었다. 그리고 그 중심엔 육대마가가 있었다. 때문에 중원의 강호인들은 다른 무엇보다 새외 서쪽을 가장 경계했다.

천마교가 사라지고 난 후 자연스레 서쪽의 패자(霸者)로 부상한 육대마가는 고산지대인 서장 지역에 위치했는데, 최근 서로 연맹을 맺으며 한층 세를 불린 상태였다.

게다가 철마전(鐵魔殿), 마화군방원(魔花群芳院), 야차부(夜叉府), 아수라궁(阿修羅宮), 환마대루(幻魔大樓) 등 여러 세력을 포섭해 과거 천마교의 위세에 눌려 감히 넘보지 못했던 신강까지 손을 뻗고 있는 실정이었다.

육대마가의 거침없는 행보.

그것은 곧 마도무림 권력의 재편을 뜻함이었다.

서장 지역 중부의 호수, 묘착호(昴孜湖).

이곳으로부터 그리 멀지 않은 울창한 숲의 절곡엔 육대마가에서 파견된 마인들이 공동으로 관리하는 석동(石洞)이 있었다.

가파른 절벽 아래에 위치한 이 석동은 평소 타인의 출입을 엄격히 통제하는 곳이었다.

노을이 짙게 깔리기 시작한 무렵, 석동 입구에서 이십 장 정도 떨어진 지점에 일련의 무리가 나타났다.

삼십 명 남짓한 그들은 하나같이 푸른 피풍의(披風衣) 차림으로 지독한 살기와 마기를 마구 드러냈다.

그 무리의 선두에 선 백발의 노인.

긴 머리칼을 정갈하게 땋아 내린 그는 칠 척 신장에 남색 장포를 두르고 있었는데, 천고의 세월을 견뎌 낸 고봉(高峰)처럼 늠연한 풍채가 매우 인상적이었다. 더불어 만인을 압도하는 듯한 패도적인 기도까지.

노인은 가슴까지 드리운 허연 수염을 쓰다듬으며 저 멀리에 있는 석동의 입구를 눈에 담았다.

"저곳에…… 마혼석등이 보관된 것이 확실한가?"

그러자 뒤쪽에 있던 한 피풍인이 공손히 대답했다.

"예, 부교주."

"놈들의 전력은 어느 정도인가?"

"구십 명 남짓인데, 일류 고수의 수가 많지 않으니 능히 제압할 수 있을 듯합니다."

"마혼석등을 반드시 되찾아야 한다. 그래야 교주께서 어디에 계신지 파악할 수 있을 터이니."

"존명."

피풍인들은 나지막한 외침과 함께 일제히 신형을 날렸다.

"육대마가, 너희가 감히 본 교의 신물을……."

그렇게 중얼거린 노인도 땅을 박차며 동공 위로 짙은 살광을 내뿜었다.

꽈과광—!

석동의 두꺼운 철문을 깨부수고 노도처럼 안으로 쇄도한 피풍인들은 육대마가 마인들이 모여 있는 장방형의 널따란 석실을 순식간에 피바다로 만들어 버렸다.

"커헉!"

"크아악!"

노랫가락처럼 연이어 터져 나오는 비명들.

피풍인들의 가공할 무력 앞에 육대마가 마인들은 속수무책으로 목숨을 잃었다. 그렇게 구십 명 남짓하던 인원은 채 일각도 지나지 않아 그 수가 절반으로 줄고 말았다.

도끼질로 유명한 금부마가(金釜魔家)의 고수 광무기(廣茂崎)가 우람한 몸집에 어울리는 큰 목소리로 제 편을 독려했다.

"우왕좌왕하지 말고 침착하게 대응하라!"

그는 애병인 쌍도끼를 휘두르며 분전했지만 전세의 균형을 맞추기엔 무리였다. 무엇보다 자신을 뒷받침해 줄 고수가 턱없이 부족했다.

'제기랄! 허깨비와 싸우듯 실로 신출귀몰한 운신이다! 이들의 정체가 뭐지?'

사실 광무기 자신도 상대로 하여금 경탄을 이끌어 내기에 충분한 실력을 가지고 있었다. 하지만 그 일신의 무위완 상관없이 상황은 점차 악화일로(惡化一路)로 치달았다. 이미 기울대로 기운 전세는 한 사람의 특출한 무위만으로 극복될 성질의 것이 아니었다.

한편, 기습을 주도한 남포노인(藍袍老人)은 뒷짐을 지고 최후방에 자리한 채 전장을 관망 중이었다.

"본좌가 나설 필요도 없겠구나."

피풍인들이 살초를 펼 때마다 육대마가 마인들은 피를 뿌리며 세상을 하직했고, 그들 주변엔 시체가 전리품처럼 수북이 쌓여 갔다.

오래지 않아 결국 광무기 한 명을 제외한 전원이 죽임을 당했다.

남포노인이 손짓을 보내자 피풍인들은 일사불란한 운신으로 그 뒤쪽에 병풍처럼 펼쳐 섰다.

장내가 무거운 침묵에 휩싸인 가운데 광무기가 이를 뿌드득 갈며 외쳤다.

"네놈들, 간이 배 밖으로 나왔구나! 여기가 어디인 줄 알고 감히⋯⋯!"

조용히 걸음을 뗀 남포 노인이 십 보 간격을 두고 멈춰 서며 나지막한 목소리를 발했다.

"알다마다. 육대마가가 관리하는 곳이 아니더냐."

흠칫한 광무기는 순간 등줄기를 타고 오르는 오싹한 전율을 느꼈다. 단지 상대와 눈빛만 마주했을 뿐인데 숨이 턱 막히는 기분이었다.

"다, 당신은 누구요?"

저도 모르게 말을 더듬었다.

명백한 기도의 차이.

광무기는 비로소 깨달았다, 상대의 무위가 육대마가 내 일류 강자들과 비교해도 전혀 모자람이 없음을.

'아니, 어쩌면 가주들과 대등한 실력일지도⋯⋯.'

남포노인은 마른침을 꿀꺽 삼키는 광무기를 향해 물었다.

"마혼석등을 찾으러 왔다."

"뭐라? 마혼석등을⋯⋯? 잠깐, 당신들 설마⋯⋯."

"그래, 방금 머릿속을 스친 그 명이 맞느니라."

광무기는 일순 두 눈을 한껏 부릅떴다.

'처, 천마교! 세상에, 천마존을 제외하고 모조리 죽은 것이 아니었단 말인가? 이게 도대체…….'

선뜻 납득하기 힘든 사실이다. 하지만 눈앞의 상대가 실없이 농을 던질 인물로는 절대 보이지 않았다.

이에 남포노인이 자신의 신분을 밝혔다.

"난 부교주 율악(律握)이다."

광무기는 거듭 큰 충격을 받았다.

'억! 부, 부교주!'

악마검신(惡魔劍神) 율악.

과거, 교주 천마존과 더불어 천마교를 지탱하던 기둥이자 마도 최강 반열의 검수로 군림한 인물.

율악은 오 년여 전 천마교의 세력을 확장하기 위해 교도 일천 명을 이끌고 머나먼 북쪽 이역으로 길을 떠났다. 물론 천마존의 허락을 받고 행한 일이었다.

그런데 그 이후로 무슨 이유인지 소식이 뚝 끊겨 버렸다.

천마존은 일 년 가까이 기다려도 기별이 없자 호교사왕, 십이주교, 십팔당주 내에서 인원을 선별해 다시 북쪽 이역으로 파견했다.

그들은 무려 일 년 반에 걸쳐 율악 일행의 행적을 조사했지만 끝내 아무런 단서도 얻지 못한 채 허무히 천마교로 발걸음을 돌리고 말았다.

율악을 비롯한 일천 명은 결국 의문의 실종과 함께 죽은 것으로 치부되었고, 그것은 한때 새외 마도무림과 중원무림까지 떠들썩하게 만든 큰 사건이었다.

부교주 지위는 천마교가 항마조 기습에 의해 멸망할 때까지 공석으로 남아 있었다. 한데 지금 이 자리에 율악이 멀쩡히 산몸으로 나타났으니, 광무기로선 경악을 금치 못하는 게 당연했다.

"그, 그대는 사망한 줄로 알았는데……."

율악이 두 눈을 지그시 감았다 떴다.

"끌……. 뇌옥(牢獄)에 갇혀 꽤 긴 잠을 잤지."

동시에 막대한 내공을 이끌어 내자 신형 주위로 잿빛 마기가 물결처럼 퍼져 나왔다.

쿠구구구구—

그 힘에 의해 내부가 진동하며 뿌연 먼지를 비산시켰고, 뒤이어 벽면과 지면이 어지러이 거미줄을 그렸다.

쩌저적, 쩌저저적—!

"으윽!"

짤막한 신음을 흘린 광무기가 괴로운 듯 바닥에 털썩 주저앉았다.

상대가 발한 기운의 압력을 견디지 못한 것이다.

앞서 혈전을 치르는 동안 기력을 많이 소진한 탓도 있으나, 온전한 상태였다 하더라도 명실상부 천마교 제이인자의 가공할 마기를 쉬이 감당하기란 힘들었을 터.

"마혼석등은 어디에 감춰 놓았느냐?"

율악의 물음에 광무기가 이마에 핏대를 세우며 발악적으로 고함쳤다.

"모른다! 어서 죽여라!"

"명을 재촉해 입을 다물겠다? 훗, 뜻은 가상하다만, 헛된 충성심임을 깨닫게 해 주마."

별안간 율악이 우수를 수평으로 쭉 뻗었다. 그러자 팔뚝을 따라 회색 기류가 마치 운무처럼 뿜어져 나왔다.

스스스스스—

회색 기류는 그의 손끝에서 기다랗고 늘씬한 형태로 뒤바뀌더니 곧 한 자루 장검(長劍)으로 변모했다.

재처럼 부옇고 검은 빛깔에 무려 다섯 자가 넘는 칼날.

바로 율악의 독문 병기이자 절세 기보인 악령마검(惡靈魔劍)이었다.

뒤쪽의 천마교 교도들은 저마다 나지막이 감탄했다. 실로 오랜만에 접하는 율악의 위용에 다들 감격한 듯 두 눈에 희열의 빛이 감돌았다.

율악이 악령마검을 비스듬히 기울여 쥐며 싸늘한 미소를 머금었다. 그 표정을 접한 광무기는 형언하기 힘든 공포에 사로잡혀 입술을 파르르 떨었다.

악령마검이 호흡지간 날카로운 궤적을 그렸다.

슈팟!

파공성과 함께 한 줄기 검기가 광무기의 좌측 어깨에 깊이 쑤셔 박혔다.

"으아아아악!"

괴로운 비명이 터진 찰나, 검상(劍傷)을 입은 부위가 급속도로 부패되었다. 실로 놀라운 광경이었다.

광무기는 뇌중을 쑤시고 드는 지독한 고통에 눈앞이 아뜩했다. 몸부림을 치고 싶어도 예의 마기가 발한 육중한 압력 때문에 꼼짝달싹할 수 없었다.

약령마검이 재차 검기를 토했다.

푸우욱!

이번엔 왼쪽 무릎.

아니나 다를까, 검상을 입은 부위가 빠르게 부패되며 다시 한 번 엄청난 통증을 선사했다.

"끄아아아악!"

율악의 손속은 거침이 없었다. 그는 좌측 옆구리와 우측 허벅다리를 노려 연달아 검기를 쏘았다.

"으어억, 으아아아악⋯⋯!"

광무기의 처절한 소리가 메아리처럼 석실 안에 가득 울려 퍼졌다.

율악이 무미건조한 목소리로 경고하듯 물었다.

"몸이 차례차례 썩어 문드러지며 죽고 싶은 것이냐?"

이내 광무기가 핏발이 선 눈으로 눈물을 흘리며 다급히 입을 뗐다.

"흐으으, 흐으으으⋯⋯! 사, 살려 주시오! 율 부교주! 제발 살려 주시오!"

"살고 싶다면 말하라."

"그, 그대가 찾는 마혼석등은⋯⋯ 저기에 있소."

광무기의 손가락이 좌측 벽면을 가리켰다.

"비밀 공간인가?"

"그렇소! 벽면에 박혀 있는 검은 돌을 힘껏 누르면 되오! 흐으으윽⋯⋯."

율악이 턱짓을 보내자 교도 한 명이 신속히 운신해 벽면의 검은 돌을 눌렀다. 그러자 벽면이 방문처럼 좌우로 활짝 열리더니 또 하나의 석실이 모습을 드러냈다.

원형으로 된 그 협소한 공간 중앙엔 마신 형상의 작은 석등이 탁자 위에 놓여 있었다.

마혼석등.

장차 천마존이 있는 곳으로 인도해 줄 천마교의 신물.

율악은 허공섭물을 이용해 마혼석등을 자신의 좌수로 이끌었다.

그 순간, 마혼석등이 시퍼런 불을 밝히며 천마존의 영혼이 건재함을 알려 왔다.

"아아! 교주께서 완벽히 부활하셨다!"

"교주께서 건재하시다니, 하늘이 돕는구나!"

불빛을 접한 교도들은 그렇듯 흥분을 감추지 못했다.

율악 또한 손에 들린 마혼석등을 보며 기분 좋은 웃음을 흘렸다.

그때, 광무기가 힘겨운 목소리로 부탁했다.

"율 부교주, 원하는 물건을 얻었으니…… 이제 그만 이곳을 떠나 주시오. 끄흐윽……."

율악이 매서운 눈빛으로 입꼬리를 올렸다.

"살기를 바랐느냐?"

"그, 그게 무슨……?"

"본 교의 신물에 함부로 손을 댄 죄, 죽음으로써 사죄해라."

흡사 명령 같은 한마디다.

광무기가 겁에 질려 얼굴이 새파래졌다.

"율 부교주! 야…… 약속이 다르지 않소!"

찰나지간 악령마검의 검신(劍身) 위로 흉측한 악귀의 형상이 연기처럼 마구 피어올랐다.

"본좌의 검 아래 죽는 것을 영광으로 생각하라."

율악은 그대로 칼을 세차게 그어 내렸다.

쐐애애애액—!

일신의 별호를 대변하는 검초, 악마단천검(惡魔斷天劍).

광무기는 정수리부터 사타구니까지 반쪽으로 쪼개져 시뻘건 피분수를 퍼뜨렸다. 동시에 그 방향 선상의 지면, 벽면, 그리고 천장까지 직선의 검흔이 크게 아로새겨졌다.

율악은 악령마검을 갈무리하며 읊조리듯 중얼댔다.

"기다려라, 육대마가. 내 반드시 교주를 뵙고 본 교를 다시 일으켜 너희를 모조리 처단할 것이야."

절단된 광무기의 시신은 이내 전체로 썩어 문드러지며 역겨운 냄새를 풍겼다.

교도 한 명이 율악 곁으로 다가와 말했다.

"전력을 재정비해 떠나실 겁니까?"

"아니다. 전원 본 교의 비밀 지단으로 가 대기하라."

"알겠습니다."

"현재 비밀 지단에 잔존한 인원이 모두 몇이냐?"

"대략 삼백 명입니다."

율악은 곧 품에서 종이 두 장을 꺼내 예의 교도에게 건
냈다. 그것은 다름 아닌 지도와 서신이었다.

"너는 비밀 지단에 도착하는 즉시 따로 인원을 뽑아 지
도에 표기된 곳으로 가 본좌의 서신을 전하도록 해라."

"예. 그런데 이곳은……?"

"장차 가 보면 알 것이니라. 후훗."

나지막이 소성을 발한 율악은 즉각 교도들과 함께 석동
밖으로 향했다.

*   *   *

계류를 따라 굽이굽이 절경을 이룬 협곡.

천공은 말을 타고 녹음이 우거진 산길을 달리다가 흘깃
하늘을 보았다. 이미 해는 중천을 지나 서쪽 산마루에 걸
려 있었다.

'시간이 벌써 이렇게 됐나?'

맘 같아선 길을 멈추고 싶지 않았지만, 그러다간 금세
밤이 어두워 더 나아가기가 힘겨울 듯했다.

'오늘은 일단 여기서 야숙을 하는 수밖에 없겠군. 이곳
지리가 생소하니 무리하지 말자.'

그는 가까운 나무에 말고삐를 묶은 후, 푹신한 풀숲에 엉덩이를 붙였다.

뇌리로 천마존이 전성을 울렸다.

[몇 굽이만 더 돌면 신비괴림이 나올 텐데, 여기서 쉴 참이냐? 게으른 새끼 같으니.]

천공이 의심스럽다는 듯 미간을 좁히며 말을 받았다.

"어째 나보다 더 신비괴림에 들고 싶어 하는 것 같은 말투로군. 무슨 꿍꿍이속이지?"

천마존은 내심 뜨끔했지만 시치미를 뚝 뗐다.

[난 단지 네놈이 신비괴림으로 들어 괴수나 독물 따위를 만나 절명의 위기를 맞길 바랄 뿐이다! 그래야 그 몸뚱이를 가지고 맘껏 놀 수 있을 테니까.]

"왜? 내가 머지않아 흑선과 만나게 될 거라 생각하니 초조한가?"

천공의 말을 들은 천마존이 속으로 비웃었다.

'어디 네놈만 흑선과 만나길 고대하고 있는 줄 아느냐? 나 역시 간절하긴 마찬가지다.'

그러곤 자신만의 고민에 잠겼다.

'흑운동에 이르기 전 놈의 몸을 차지할 기회를 잡아야 하는데……. 젠장, 뭔가 뾰족한 수가 없나?'

한편, 허기가 진 천공은 짐을 뒤져 건포를 꺼내 씹었

다. 그렇게 한 식경쯤 지났을까, 산길 저편으로부터 웬 말발굽 소리가 들렸다.

따가닥, 따가닥, 따가닥―!

천공은 얼른 신형을 일으켜 세우며 그쪽을 주시했다.

오래지 않아 백마(白馬)를 탄 이십 대 사내의 모습이 시야에 들어왔다.

그는 이내 천공 앞에 이르러 우뚝 멈추더니 말에서 내려 정중히 포권을 하며 인사를 건넸다.

"반갑습니다."

천공도 마주 포권을 취하며 조심스레 상대를 살폈다.

제일 먼저 눈에 띈 것은 청룡(靑龍)이 화려히 수놓인 흰 무복과 허리춤에 걸려 있는 한 자루 검이었다.

'검수로구나. 명문대파 출신인 듯싶은데.'

낯선 청년은 기품 있는 귀족적인 용모에 범인이 함부로 범접하기 힘든 헌앙한 기도를 자랑했다.

얼핏 봐도 상당한 성취를 이룬 무인임을 직감할 수 있었다.

[흐음, 놈의 차림새를 보아하니…… 청룡동방세가(靑龍東方世家)가 틀림없군.]

그런 천마존의 전성에 천공의 동공이 이채를 발했다.

'아! 소주(蘇州)의 청룡동방세가.'

정파의 양대 산맥, 구대문파와 칠대세가.

방금 천마존이 언급한 청룡동방세가는 그 칠대세가의 하나였다.

청년이 먼저 자신의 신분을 밝혔다.

"저는 동방가의 삼남(三男) 동방휘(東方輝)라 합니다."

천마존의 어림짐작이 정확히 들어맞았다.

동방휘.

별호는 용비검랑(龍飛劍郞).

당금 청룡동방세가주의 세 아들 중 가장 출중한 실력을 지닌 무재이자 근자 들어 전국적인 명성을 얻고 있는 신진 고수였다. 또한 차대 가주에 오를 유력한 후보로 손꼽히는 인물이기도 했다.

천공은 간단히 제 이름만 소개했을 뿐, 자신의 사문이 구대문파 소림사란 사실은 밝히지 않고 그냥 떠돌이 무사라며 둘러댔다.

이에 동방휘가 빙그레 웃으며 말했다.

"사문을 일부러 숨기시는 듯한데…… 어차피 사람은 저마다 말 못할 사정이 있는 법이지요. 괜찮습니다. 전전혀 개의치 않습니다."

그 말투에서 호쾌한 성격이 엿보였다.

천공은 다소 미안한 생각이 들어 그의 가문에 대한 칭찬을 건넸다.

"청룡동방세가의 높은 명성은 익히 들었습니다."

"별말씀을……. 그나저나 이런 외진 곳에서 다른 사람을 만나게 될 줄은 몰랐습니다. 천 소협께선 혹시 신비괴림으로 가시는 중입니까?"

천공은 잠깐 망설이다가 고개를 끄덕거렸다.

"맞습니다."

"오, 마침 잘됐군요."

"예?"

"저도 신비괴림이 목적지인데, 그 입구까지 동행하는 것이 어떻겠습니까? 귀찮게 이것저것 따져 묻지 않을 테니, 부디 허락해 주십시오."

생긴 것과 달리 붙임성이 좋은 사내였다.

"그러지요."

천공도 굳이 마다하지 않았다. 어차피 신비괴림 안으로 들면 다시 헤어질 인연이었으니까.

"하하하, 이렇듯 뜻밖의 장소에서 천 소협과 같은 길동무가 생기니 좋군요."

"저 또한 초행길이라 조금 걱정했는데 길동무가 생겨 다행입니다."

"흠, 짐작컨대 천 소협께선 수준 높은 무공을 익히신 듯합니다. 제가 다른 건 몰라도 그런 쪽으론 육감이 꽤 정확한 편이지요."

천공은 점잖게 고개를 가로저었다.

"아닙니다. 그저 호신용 박투술을 몇 가지 배웠을 따름입니다."

그 말이 끝나기가 무섭게 동방휘가 돌연 허리춤의 검을 세차게 뽑아 들었다.

스르릉!

천공과 천마존은 동시에 화들짝 놀랐다.

"엇?"

[아니?]

동방휘는 다짜고짜 천공의 정면을 노려 짙은 예기가 서린 검극을 내찔렀다.

쐐애애액—!

〈『악소림』 제2권에서 계속〉